平山夢明 恐怖全集
怪奇心霊編①

平山夢明 著

竹書房文庫

まえがき

平山夢明

生きていると突拍子もないことというのが起きるものです。

今般、竹書房さんから『勁文社時代の「超」怖い話をはじめとして、いろいろまとめて出す』と聞かされた時には、さすがに「ふはっ」となりました。いくら実話怪談で始まった執筆ライフとはいえ、なかなかに実話怪談物を六巻に亘って出して貰うということはないのではないかと思うのです。

勿論、当時はこんなことになろうとは夢にも思っていないので、ただただ鰹節を狙う猫のように東に怖い話があると聞けば、東に行き。西に怖い話があると聞けば西に行くという。全く頭脳的ではない双六のような取材活動をしていたわけです。

とはいえ今回、読み直してみると二十数年前には、こんなことを書いていたのだという感慨におそわれたのは事実で、また今では通用しないであろう携帯がなかったからこその怪奇なども散見され、つくづく実話怪談というものが時代と同衾《どうきん》しなければ成立しないジャンルなのだということも実感できました。

未来への見込みもなく、ただその日をしのぐために奔走した青臭く若い生の文章ですが、その代わりに無秩序な情熱のようなものは詰まっているようです。

ひとりの実話怪談書きが、どのようにネタを集め、書いていたか。それを時系列的に俯瞰することで文章の変化、構成や表現の変化も辿れるものと思います。

従来の怪談ファンの方々はもちろんのこと。昨今、流行りだした実話怪談書き、または怪談語りに興味のある方々にとっても、きっと役に立つテキストになるだろうと自負しております。

怖い話を聞いた時、それをどう紙面に再現していけば良いのか？

またどのように口語化していけば良いのか？

怖い怪談を純粋に楽しみたいという目的だけではなく、そういった方々にも何らかの役に立つことができれば、こんなに嬉しいことはありません。

平山夢明、若かりし日の赤裸々実話怪談でございまする。

お楽しみ戴ければ幸いです。

目次

※本書に登場する人物名は様々な事情を考慮してすべて仮名にしてあります。

やめてくれぇ

ふざけた反応をする人間が、たまにいるものである。

春日という男もそういった部類のひとりであった。彼は異常に霊感が強く、家の周りはおろか五十メートルほど離れたところから自分に向かって近づいてくる霊をもキャッチする強力なレーダーを持っていた。

彼は実家の離れの自室を改造して録音スタジオにしていた。当時、自主映画作家たちは、安くあげるためしばしばそこを利用した。

スタジオの東西南北と鬼門には梵字《ぼんじ》を麗々《れいれい》しく書いた御札《おふだ》が貼られてあった。

「スタジオとかって、ただでさえ念がこもるって言うだろ」

彼はサラリと言ってのけたが、録音というのも賑々しいのは群衆シーンやクライマックスだけで、大方のドラマ部分では登場人物のひとりふたりがスタジオに監督ともども いるという状況になる。しかも深夜になれば女性は引き揚げてしまうので、残るは彼を含めても三人程度ということになる。

「……きた」

夜中の二時になるとカップヌードルで夜食というのがパターンだったので、みんな車座になって出来上がりを待っていると、たまに彼がこんなことを呟く。

「今、そこの角でキョロキョロしている。俺が気づいたのが判ったんだ」

全員が押し黙る。彼の能力に疑問を持つ者はいなかった。

やがてスタジオの周辺の下草を踏む音が一定の間隔を置いて聞こえてきた。

「ああ、入ってきた」

そのとき、僕らはどうするか？　答えは、ただ単純に出来上がった者からラーメンを啜《すす》り上げていくのである。全身を耳にして外の気配に集中しながらも……腹を満たすという行動は不思議と不安を消すものである。

熱《あ》っつ！

春日は顔を歪めて口に入れた麺を吐き出す。

「水入れてくれよ。もっと」

そうなのである。彼は霊への感応の強弱によって、『猫舌』になるのである。

「気持ち悪い」「やめろぉ」という外野の声も無視して、自分のカップに冷蔵庫から持ってきた氷を放り込む。当然、麺は水を吸い毛糸のように伸びる。

不幸なのはその場に居合わせた人間たちである。気味の悪い霊ばかりでなく、ふやけきった氷入りのカップラーメンを啜る気味の悪い男まで見せられるのだから。

ちくしょう

秦野から津久井のほうへ抜ける場所に『ヤビツ峠』というのがある。

岡田は大学の頃、付き合っていた彼女と深夜にそこを走ったことがあった。

彼は以前にも不思議な体験をしていた。サークル仲間とスキーに行った際、突然助手席で寝ていたはずの彼が「カエル！」と叫んだのである。バンに同乗していた人間が悲鳴をあげるほどの大声であったにもかかわらず本人はひと声叫ぶと再び、スヤスヤと寝てしまった。私たちは悪い冗談だと本人を叩き起こし叱ったが、本人はネボけているだけで何も覚えていないようだった。

その後、途中で寄ったコンビニの駐車場で仲間のひとりが声をあげた。

「げっ、本当だよ！」

見ると、押しつぶされたカエルがタイヤに貼り付いていたのである。

全員が不思議がったが、それ以上に岡田自身が薄気味悪がっていた。

彼は本厚木に住んでいたせいでヤビツ峠には何度も行ったことがある。

当時は近郊にまで不気味で危険と折り紙のつけられていた峠で、崖の下に転落した車が毎週のようにレッカー車で引き揚げられていた。

なにしろ幅が狭い上に片側は完全な崖、街灯は一本もなしという純原始的山道なのである。その分、走っているときには適度な興奮が味わえる。

岡田の彼女は怖がりで、深夜のヤビツ峠を走ることを極度に嫌っていた。しかし、岡田は彼女がひとりで暮らしているのを良いことに、経堂まで迎えに来るとその足でヤビツ峠に向かった。

峠に入るまでは「怖い怖い」と声をあげていた彼女もやがて観念したのか、中ほどに差しかかる頃には静かになっていた。

いつものことながら対向車も後続車もなく、同時に街の灯の届かない漆黒の闇の凄みが山全体を覆い尽くしていた。カセットから流れる音楽も闇に吸い込まれていくようで、岡田は軽い緊張に身を引き締めた。

山への高度が上がるにつれて、カーブが細く切り込むように続き始める。

このあたりから接触した車の塗料が黒くこびりついたり、完全に抜け落ちたガードレールを目にするようになる。

道が大きく右にカーブする。

「右よ、ね」

黙っていた彼女が声をかけた。

「ああ、そうだよ」

岡田は軽くブレーキペダルを踏むとハンドルをきった。

「次、左でしょ」

「ああ」

少しの間、彼女の「右でしょ」「左でしょ」という会話と、岡田の生半可な返事の応酬が続いた。

「おまえ、詳しいな。俺以外の誰かにつれてきてもらってるんじゃないのか」

と彼が言うと、彼女はクククッと小さく笑った。

しばらくすると道が大きく左に曲がっていた。

右手にはポッカリと黒い闇が口を開き、ガードレールも剝《は》ぎ取られて欠けていた。

「次、右だよね」

「左だよ」

「右よ」

「左に決まってるだろ」

「右よ」

「なに言ってんだ。右はなにもないじゃないか」

「……ちくしょう……」

彼女の声ではなかった。野太い男の荒れた声が助手席から響いた。

岡田は慌てて車を停めると彼女を見る。

彼女は寝ていた。

「おい、おまえ起きろ」

「なぁに、着いたの」

寝起きの彼女はなにも覚えていないらしい。岡田は、その場ではなにも告げずに峠を下ると、ファミリーレストランに入ってコトの次第を話したらしい。彼女はスナックフードを食べながら、怖いと泣いた。

以後、岡田は陽が落ちたヤビツ峠には行かなくなった。

眠っていた話

眠っていると不思議な感覚に包まれることがある。

特に夜中の深い眠りよりも、昼間のポカポカした陽気の中での眠りのほうが不思議な体験をした人が多い。

メキシコでは『シエスタ（午睡《ごすい》）は真の人生を見せる』と言われているそうで、自分が辿るべき本当の人生の姿が見えるそうである。『雨月物語《うげつものがたり》』や明末清初《みんまつしんしょ》の奇書である『聊斎志異《りょうさいしい》』にも午睡の怪異譚は多い。

私の妻の友人である秦さんは、なかなかに霊感が強い。最近なにか不思議な話はないかと聞いたところ、こんな話を披露してくれた。

当時、画廊に勤めていた秦さんは、ある作家の個展の準備に追われ疲労がピークに達していた。前の晩も早くから床に就いたにもかかわらず、午後も早くから猛烈な睡魔に襲われた彼女は、いつの間にかカーペットの上でゴロ寝をしていた。

「そしたらね、スクリーンみたいな物が眼の前にあったのよ」

彼女は両手で七十センチ四方の壁を空中に描いた。

「ああ、これはスクリーンだなぁって不思議でもなんでもなかったの。そしたらそこに女の人が映ったのよ。事務をしている姿だったんだけど綺麗な人で、そのときは『ああ、この人か』と思ったの」

彼女は映った女性のこともスクリーンのことも、まったく不思議とは思わなかったそうである。

「そしたら、耳のすぐ後ろから声がするのよ。『その人に近づくな！』って。『今、その人は、とても状況が悪いから近づいてはいけない』ってしきりに声が言うのよ。わたしは判りました判りましたって答えたけど……」

やがて目覚めた秦さんであったが、まったく夢の彼女には憶えがなかったそうである。

「いろいろ思い返してみたんだけど……まったく心当たりがないのよね」

それからしばらく何気なく過ごしていたが、件《くだん》の画家の個展のときに絵を大量購入しようという大口の客が登場した。

不動産会社のオーナーだったが、その連絡係を務めた秘書の顔を見て、秦さんは驚いた。

……夢の中の女性だったのである。

「で、相手にはなにか話したの」

「ううん、知らない人だし。しばらくしたらいなくなってしまったし、代わりに入ってきた人も彼女の話題には、なぜか触れたがらないの」

変な言い方だけど生きているような『気』がしない、と彼女は呟いた。

砂時計

秦さんは女子大時代から物理・化学を専攻していた関係で、卒業後ドイツの医療機器メーカーや製薬会社に勤めていた時期があった。

傍から見ていると非常に合理的な考えの持ち主のようだが、意外にも占いへの造詣も深く、また不思議な霊体験の多い人でもある。

彼女がバイトで家庭教師をしていた頃の話。

ある有名俳優の娘を面倒見てほしいと頼まれた彼女は、さっそく教えられた駅で降りると成城学園の案内板を頼りにトボトボと歩いていた。

「ああ、あそこだ」

白い壁が畑のこちら側から見えたので、畑の周囲を回る形で歩を進めた。

突然、物凄い寒気で全身に鳥肌が立った。

家は眼の前である。手前に民家が一軒あり、その奥が目指す家であった。

通りたくない……。

秦さんは突然そう思うと、目の前の細い路地を避け、わざわざ遠回りをして目的の家に辿りついた。

家族は暖かく庶民的だった。担当することになる女の子も、お父さん譲りのハッキリした目鼻立ちの性格の良い中学生であった。

教えるのは数学と理科。

秦さんは、その後も『あの道』だけは決して通ろうとしなかったという。

T字路の上棒がその道に当たり、下棒の向って左が生徒の家であった。

「たまに物の腐ったような臭いもするのよ。畑の肥料かとも思ったけど、あれは毒の臭い……。生命を育むような臭いではないわ」

ある晩、授業も終了しようかという頃になって娘さんが妙なことを言い出した。

「先生、いつもどこの道を通ってくるの」

秦さんは、いつもの自分のルートを正直に挙げた。

「やっぱり、先生もこの前の道はヘンだと感じたの?」

彼女は窓の下を指さした。

秦さんは今まで道のことは話さなかったし、訊ねようともしなかった。なぜなら、娘さんの部屋はダイレクトに『あの道』を見下ろす恰好になっていたし、気味が悪いということになっても彼女には逃げ道がないからだ。

しかし、この日は彼女のほうから口火を切った。

「あそこね死体が見つかったのよ。かなり前だけど、車がここで、寝込んだ酔っ払いを轢いちゃったのね。それで、このT字路の側溝に隠したのよ」

グロテスクな話だが事実であったそうだ。畑のそばにあったため異臭も相手にされず、結局、見つかったときにはかなりグズグズの状態だったらしい。

「夜になるとね、人がそこに立って、この部屋を見上げてるような気がするんだ」

「部屋を変えてもらわないの？」

と聞くと、妹が入らなきゃならなくなるからと笑っていたという。

「この間、変なことがあったんだ」

娘さんは話し始めた。

真夜中過ぎてからベッドに入った彼女は、妙な気配で目が覚めた。

しかし現実には動けなかったらしい……金縛りである。

「なにかが足の先をいじってるの。そしたら急に細かい粒子が注ぎ込まれ始めて」

サラサラとなにかが体内を埋めていく……まるで砂時計になったような気がしたと彼女は呟いた。

「このままじゃ危ないなって気がしたら、肩を掴まれてグイッて引き抜かれそうになったの」

まさに引き抜かれかけたと娘さんは言った。

「肩ぐらいまで持ち上がったみたいだった。物凄く怖くて、必死に身体を動かそうとしたら……いいじゃないかって耳元で声がしたのよ。それで悲鳴をあげたら身体が動くようになって、身体はベッドの上にちゃんとのっかってた」

秦さんは娘さんに御札をあげたそうである。

それ以来、娘さんにはなにも起こらなくなった。しかし、その頃からT字路での事故が頻発するようになったという。

成城周辺をドライブする方は要注意である。

流れてきた御札

作家の大森氏は二十代前半の頃、頻繁に霊体験をした。

ことに彼が自主映画を作っていた頃が最も凄く、金縛りや見知らぬ影などは日常茶飯事に見ていた。

この話は彼がその頃に多摩川の土手で撮影をしていたときのものである。

午後から、少女と少年が川を見ながら語り合うシーンを撮っていて陽が少し傾きかけてきた頃、

「ぎゃー」

物凄い絶叫が聞こえてきた。

なんだなんだとスタッフ、キャストがあたりを見回すと再び絶叫。

それも尋常な声ではなく、手足でももがれているようなひどいものだった。

声は風に乗って対岸から聞こえてきた。

「なんか、ありましたかぁ」

対岸に向かって声をかけるが、あちらの風景はいたってのどかなものであって、ジョギングする人、犬の散歩をさせる人が通っているだけであった。

「助けてぇ」

対岸を見ている全員の目の前で再び絶叫。

丁度、川の真ん中に中洲があり、葦《あし》がビッシリと茂っていた。人が数人、隠れるのも容易そうである。

「なんかポルノでも撮ってるんじゃないのか」

誰かがそう言って、みんな笑いながらロケを続けた。

すると再び、絶叫が聞こえた。

こうなってくると撮影にも身が入らなくなってくる。

「よし、俺が見てくる」

大森氏がザブザブと中州に向かって歩き始めたそのとき、なんと上流から逃れてきた御札がユラユラと揺れると大森氏のほうへやってきて脚に貼り付いたのだった。

「うわ、なんだこれ。気持ち悪い」

彼はそれを剝《は》がすと道を戻り、岸に上がった。

撮影は中断された。

帰り支度をしているとなんだか肌寒い。自分のアパートのある駅に着いた頃には、大森氏はすっかり身体の具合が悪くなってしまっていた。

……こりゃなんか拾ったな。

そう思いながら駅から自転車を走らせていると、突然、数本先にある電柱のトランスがバインバインと音をたてて揺れているのに気づいた。

ヤバイなと思ったが進路を変更する気力もなく、やがて揺れ続けている電柱の真下を通った瞬間にドサッと何かが荷台に落ちてきた。

自室に戻っても疲労感はとれず、不快な熱は一週間大森氏を責め続けた。

そんなことが続いたある日、何気なく目をやったタンスの扉が静かに開きだした。

(げげ)そう思ったときに友達の映像作家から電話が入った。

「うちでポルターガイストが発生してるんだ。今、この目で見たよ」

と状況を説明すると相手が答えた。

「扉が開くだけじゃだめだ。開いた扉が閉まったらまた電話をくれ」

鈴なり

大森氏は自分が監督する自主映画のためのスタッフとともに中央自動車道で清里に向かっていた。当時はまだ全面開通しておらず、途中で高速を降りてバイパスを通ることになった。時刻は午前二時。

「まだ宿に入るには早いから途中で寝ていこう」

ということになり、彼らはバイパス沿いの葡萄《ぶどう》やワインなどの産直売り場の広い駐車場に車を寄せ、そこで日の出まで仮眠することにした。

八人乗りのバンの中には女性ふたりと男が五人いた。

女性のひとり佐伯さんは以前から霊体験の豊富な人だった。

彼女は車が停まった時から『いやな感じ』がしていたと言う。

うつらうつらと眠りに落ちてしばらくすると、彼女は道路の反対側にある森からひとりの男性がフラフラ歩いて来るのに気づいた。

男はそのまま、そぼ降る雨の中まるで引き寄せられるかのようにバンのほうへ近寄ってきた。突然、犬が猛烈に吠え始める。

「ああ、これは人間じゃないな」

佐伯さんは、目をつぶり『来るな来るな』と念じていた。

男はいよいよこちら側に渡ってきた。吠え声が高まる。

バンの周りをグルグルと徘徊しているのが判った。それも窓ギリギリに顔を近づけて、ひとりひとりの顔をうかがっているようだった。

佐伯さんは薄目を開けて男を見た。男は佐伯さんのすぐ前のシートで眠っているスタッフを見ていた。

そして男は佐伯さんのほうへ向かってきた。

そして彼女の窓まで来ると、次の瞬間ニューッと顔を車内に突っ込んだのである。

彼女は悲鳴をあげた。全員が飛び起きると佐伯さんを囲んだ。

彼女は泣きじゃくりながら、自分が今見たことを正直に話した。みんなは半信半疑だったが大森氏だけは信じると言った。

「俺は信じるよ。彼女が叫んだとき、あそこの森に首が鈴なりになってたのを見たもの」

と男がさまよい出た場所を指さしたのであった。

飼っていた犬の話

私は直接、霊というものを見たことは一度しかない。それも人間ではなく飼っていた犬の霊だった。

随分とかわいがっていたのだが、川崎の工業地帯に深夜連れ出して撮影に使ったのがよくなかったのか、それまでピンピンしていたのが帰りにはブルブルと震えだし、翌日の昼には眠っているような格好で死んでしまっていた。

実に可哀相なことをしたと無念でしょうがなかった。

夜になってから先の大森氏に電話をし、犬の死を告げた。

「……そう。それは可哀相だったね」

「うん」

と話していたときに、庭で白い物がチラッと動いた。

慌ててカーテンをめくると、死んだはずの犬が舌を出して『ただいま帰りました』というように立っていた。

「あれ？　今いるけど、あれ」

と混乱しているうちに、姿を見失ってしまった。

私の経験はそれだけである。かなり危険な撮影だったので、奴が身代わりに魔を吸い取ってくれたのだとも思っている。


妻の実家は私よりも犬を大事にしていたし、不思議な経験もしていた。

妻が地方に転校することになったとき、両親が妻の友達になるようにと『ケン』という柴犬を買い与えた。

ケンは家族同様に育てられ、大切にされていたという。

あるとき、父親が家を増築することにした。現在の玄関を壊して広くすることも計画に入っていたのだが、なぜかケンが玄関のある箇所からビクとも動かなくなってしまった。職人やらが手を出そうとすると歯を剝き出して威嚇する。しかたがないので母親が抱き上げて、無理矢理外に連れ出し作業は進められた。

その後、増築は無事に終了し、近所の人を招いてパーティーをしようとした矢先、祖母が階段から転落し入院する大怪我を負った。

増築して広げられていた階段口の目測を誤ったのだという。

祖母が落下した場所はケンが居座って動こうとしなかった、その場所であった。

ケンは十三年生きていた。人間にすれば随分な『おばあちゃん』であった（実は名前に反し、ケンは『彼女』であった）。

その晩年は、小水が出ないという無惨な病気を患っていた。

人間なら激痛に悶々とするはずだったが、ケンはグッタリと身を横たえたまま小屋の中で療養生活を送っていた。

家人は何くれとケンの様子を見に来る。医者は老衰であると告げ、ケンの寿命が尽きようとしていることを口にした。

まだ中学生だった妻は『わたしが治す』と懸命に看病を続けた。

ある日曜、遠来のお客様でケンの様子をちょくちょく見ることができなかった。

しかし、前夜からの苦しみようと尋常ではない腹部の膨らみは事態が切迫していることを告げていた。

暇を見ては小屋に顔を出すが、意識もないのか返事をしない。

妻も母も気が気でなかった。

ようやく客が帰った後に、妻が小屋に走り寄ると、ケンは立って小屋の外に出て来ていた。

「ケン？　治ったの？」

妻が駆け寄るとケンもヨロヨロと近づき、妻の腕の中に倒れ込んだ。

「ケン？」

ケンは逝ってしまった。

妻は泣いて母にケンの死を告げた。母も泣いていたという。

その直後、妻の身体に異変が起きた。

物凄い量のオシッコが出たのである。

一時間の間に二、三十回トイレに駆け込み、そのいずれもが大変な量だった。

「私の身体のどこにこんな量の水があったんだろうってびっくりした」

と彼女は言う。

後に、霊能力者のエラい先生にこのエピソードを話すと、

「あなたは自分の体を使って犬の霊を安らかにしたのですよ」

と言われた。

先生によると、人間には妻のように自分の身体を使って霊と交信する巫女《みこ》タイプと、

霊の接近を感じると粗暴になったり雑になる犬タイプがあるらしい。
ちなみに私は典型的な犬タイプであるそうな。

こんばんは

山崎の大学時代の友人である植松君は無類のバイク好き。毎週のように箱根や伊豆の峠を『攻めていた』そんな彼の話である。

その日、植松君はゼミの仲間ふたりと奥多摩へツーリングに出かけていた。

いつものことながら、無茶なスピードでコーナーに突入していく彼の姿は自分のバイクの限界を確かめようとするかのようで、そんな彼の昂揚が伝染したのか、残るふたりも荒っぽい乗り方になっていた。

思ったより帰りが遅くなってしまい、翌週が前期の試験だということもあって彼らは大急ぎで戻ることにした。

やがて陽が完全に沈み、峠の頂上に差しかかったあたりで、折り悪く雨が降り始めた。

……まずいな。

雨足はしっとりと路面を濡らすだけで、いっこうに激しくなる気配を見せない。

こんな降りが一番危ない。ライダーは大幅にスピードダウンする気がせず、逆に帰りたい一心でアクセルを開けたくなる衝動に駆られる。アスファルトが氷に化けるのはこんなときだった。

街の灯が眼下にあふれた瞬間、植松君の左を走っていた友人が、もんどりうって転んだ。彼は岩肌とバイクに挟まれた状態で十メートルほどボコボコと滑走し、やがて停止した。

植松君と残るひとりが協力して病院に連絡して、彼を搬送し終わった時には三十分以上が経っていた。

怪我はひどかった。転倒時にハンドルで鳩尾《みぞおち》を抉《えぐ》ったために横隔膜が裂け、腸が肺にまで持ち上がってしまっていた。さらに肋骨はすべて縦に骨折している。

手術は長引いた。熊本にいる彼の両親には連絡がとれなかった。

やがて十一時を過ぎた頃、手術室の前にぼんやりと腰掛けている植松君が、ふと顔を上げると、廊下の先でひとりの老人がフラフラと歩いているのが見えた。ゲッソリと痩せたその老人は腕に点滴をしたまま、瓶を吊るした滑車を摑んで横切っていた。

ボンヤリと憔悴し切った植松君の頭に老人の声が響いた。

「こんばんは……」

「こんばんは」

植松君が挨拶すると横になっていた友人もほぼ同時に声をあげた。

老人はぼんやりしているような正体の掴めない反応をして歩き去った。

「大丈夫かなぁ」

暗い顔をした友人が呟いたときに婦長さんらしい看護婦がやってきた。

「あんたたち。友達は大丈夫だから安心しなさい」

ヨカッタ、良かったと友人と喜んでいると、先ほどの老人が戻ってきたのが目に入った。

植松君は嬉しさのあまり老人に駆け寄ると、

「おじいさん！　俺の友達、助かったよ」

すると老人はなぜか軽く舌打ちをしてもとの通路を戻っていった。

「なんだよ、あのジジイ」

老人を見送った植松君と友人が看護婦さんを振り返ると血の気を失った彼女が、

「あの人、今朝亡くなったのよ」

と言った。

覗かれる

奇妙な視線を感じて落ち着かなくなった経験があると思う。

普通ならば気のせいか？　と納得できるものだが、斎藤さんの場合はそういうわけにはいかなかった。

彼女はモデルという職業柄、人に見られることが多い。撮影で見られる以上に街で生活をしていると、なにかしらグラビアに載った彼女を記憶している人からの視線を受ける。

視線には敏感になった。

彼女の言葉によると視線には温度があるという。

「普通の人の何気ない視線は温かいの。冷たい視線は悪い感情を持っている場合などね」

彼女は初対面の人の気持ちをほぼ一発で見抜く自信があると語る。

「視線で判るの。だいたいこんな人だなぁって……。その後の会話は、それを確認する作業なのね」

この仕事に入って間もない頃、彼女は妙な体験をした。

根津にあるマンションを借りたときだった。当然独り暮らしなのだが、なぜか『冷たい視線』を感じたという。

「気のせいかなって思ってたんだけど、夜の一時まで起きているときに必ず感じるの」

仕事がら、未知の人間には注意が必要だと事務所から教え込まれていた。

「この仕事って一方通行なのよ。私を知っている人を私は知らない。だから私に興味を持った誰かがどこからか覗いているんだろうって思い始めたの」

彼女の想像は確信に変わっていった。

深夜になると背中を刷毛で掃くような一瞬がくる。

「サァーッと撫でられると鳥肌がぶわっと噴くの」

彼女はカーテンを閉め切るが視線は消えない。

なぜ引っ越さなかったのかと問うと、

「根津は住み易かったし、近所のおばちゃんたちと仲良くなったからね」

彼女の部屋は十二階建てマンションの九階。

三カ月が過ぎた。

ノイローゼになってしまった。仕事場でも感情のコントロールがうまくできずに周囲を戸惑わせたりした。

「それで決心したの。負けるもんか、絶対に覗きを見つけてやるって」

それから彼女は深夜になると部屋中の窓から『覗き』を発見しようと、ハンターさながらに頑張った。

「結局、見つかったの？」

彼女は思い出したのか、身体をブルッと震った。

「あるとき、調子が悪くてベッドに潜っていたらゴトッて音がしたのよ……初めて。それで飛び起きて音のしたほうへ行ったの」

彼女は音のした台所に忍び寄ると窓のあたりをうかがった。この部屋に越してから明かりは消さずにある。

なにかがおかしい。

とっさに換気扇に目がいった。

すると外蓋がこじ開けられ、その隙間から斜めに構えた眼が、彼女を凝視していた。

彼女が悲鳴をあげると外蓋はバタンと閉じた。

次の瞬間、彼女は気丈にも犯人を確かめるべく横の窓をすぐに開け放った。

……空間であった。

隣の建物は遥か下で瓦を見せている雑貨店のものしかなく、そこにはただ生温かい風が彼女の頬を撫でるばかりだった。

上も下もなにもないレンガの壁面があるだけで、その面にベランダはひとつもない。

眼の犯人はどこに消えたのか……。

「その瞬間は見事だなって感心したのよ。でもよく考えたら人間のできることじゃないわねって気づいて怖くなっちゃった」

斎藤さんは、翌週そのマンションを出た。

「同じ根津に別のマンションが見つかったから」

ちなみに、その眼は大きな白眼に申しわけ程度の小さな瞳がついた、実に『へんな造り』だったと言う。

完璧に出るコンビニ

実は私は数年前まで、あるコンビニの店長をしていたことがある。

深夜、ひとりで夜勤をしていると、よく、ウォークインと呼ばれる飲料棚のドアがバタンバタンと開閉する音がした。

誰かいるのかと慌ててビデオモニターを覗くが、誰もいない。

コンビニが都市伝説に登場しないのは謎である。

まだ機が熟していないためなのか、それともバイトの数が少なく、話を伝えあう仲間同士の結束が緩いせいなのか、いずれにせよ不思議なことである。

都内のとあるコンビニは必ず出るということで有名である。

もちろんお客さんにはこんなことは知らされていないが、バイトが次々と辞めていってしまうので、ひょっとしたら気づかれているかもしれない。

そこでは、モニターに人がレジに立つ姿が映る。が、出ていくと誰もいない。逆に誰もいないのに自動ドアが開閉するなど初級篇のものもあれば、次のような強烈なものもある……。

それは特に薄気味の悪い晩だった。

先日の深夜、バイトが思い詰めた様子で「もう、ここにはいられません」と電話を掛けてきた。店長の重野氏が引き留めようとする間もなく電話は切れた。

重野氏が車を飛ばして店に着くと、店の前でバイクに跨《またが》って待ちかまえていたバイトは彼の姿を見るやいなやスピードを上げて逃げ去った。

翌日、そのバイトから連絡があった。しかしそのときにも彼はハッキリした説明をしようとしなかった。

重野氏はとりあえず夜勤が埋まるまでの間、自分がその役を代行しなければならないことを覚悟した。

午前一時を過ぎると客足がバッタリと途絶える。そして弁当の配達が終わると、日配と呼ばれる牛乳・練製品・豆腐などが運ばれるまでの三時間あまりが、不気味な『待ち時間』となる。

ふと、ビデオのモニターに人影が映ったような気がした。

この店は不思議なことに蛍光灯をいくら替えても照度がすぐに落ちてしまう。

彼は気をまぎらわせるために雑誌を読み始めた。

ウォークインのドアがバタンバタンと音を立てて閉まる。入店の合図であるチャイムがピンポーンと鳴る。

どちらを確認してみても人の気配はなかった。

……何があったんだろう。

時計を見ると逃げたバイトが電話を掛けてきた時刻に近づいていた。

そのとき、モニターに人の足が映った。

重野氏はモニターのスイッチをいじり人影を捜した。しかし誰もいない。

彼は倉庫から出てくるとインスタントラーメンと菓子の間の棚を見た。

床に菓子袋が散乱していた。ビデオで見たときにはなんともなっていなかったにもかかわらずだ。

続いて有線放送の合間から人の話し声が聞こえた。

重野氏は立ち上がって店内を見回した。

誰もいない……。

気味が悪くなった彼は、手早く商品を棚に戻して書架から雑誌を取ろうと正面に向き直った。その途端……えらいものを見てしまった。

通りに面したガラスに顔が並んでいたのである。

何十という血の気のない顔が窓ガラスをびっしりと埋めていた。

重野氏は昏倒した。


彼は、日配の運転手に発見されるまで倒れていたらしい。

強盗でも出たんじゃないかといぶかる運転手に、重野氏は多くを語らなかった。だが、さすがに店の中に戻る気になれず、朝になるまで店外の車の中で一夜を過ごした。

次の日、ウォークインに並んだ飲料の最前列の瓶だけがすべてスクリューキャップを破られていたことが判った。

「この土地で何があったのか営業に聞こうとも思いましたが、やめました。だって僕にはここ以外に行く場所はないんです」

後は、『奴ら』と仲良くやりますと重野氏は呟いた。

ちなみに彼の店は今でも健在である。

もしもし

これは単純に不思議な話である。もし、こういうことが起きる可能性が隠されているとすれば、いったいその確率は何兆分の一に匹敵するのかぜひ教えて欲しい。

相馬氏は保土ヶ谷区にある公団住宅に住んでいた。すでに娘は結婚していたし、定年も間近に迫った、妻とふたりだけの暮らし……いわば悠々自適の生活をしていた。

ある晩、自宅近くの公園にさしかかった。ここは数日前に殺人事件が起きたところであり、妻の心配する声もあって最近では別のルートを通って帰宅していた。

その日、相馬氏は酔っていた。本人はしっかりしていたつもりでも、いつの間にか習慣になっていた昔のルートを歩いてきてしまった。

気味が悪いな……。

風に揺れる梢の音が、酔い覚ましに拍車をかける不気味な悲鳴に思えた。

駆け抜けてしまおうと相馬氏は園内を小走りに横切り始めた。

そのとき、公衆電話が鳴った。

相馬氏は驚きのあまり、足がすくんでしまった。

電話は相馬氏の向かっている出入口の傍らに設置されていた。

「死体が発見された場所が、どこだったかを必死に思い出そうとしていましたよ」

と彼は言う。

もし電話のそばならば取らずに逃げただろう。しかし彼の脳裏からその場所の記憶が完全に欠落していた。

「もしもし」

手にした受話器は驚くほど冷たかった。

園内の見えない視線がいっせいに自分に注がれるのを彼は感じた。

一拍おいて返事がきた。

『……もしもし』

怯えた細い男の声だった。

「なんですか」

『なんでしょう』

相馬氏は誰かが手の込んだイタズラをしているのかと、あたりに目を凝らした。

「こちらは公衆電話なんですよ」

相馬氏が言うと相手も公衆電話からだと答えた。

『鳴っていたんで取ったんです……』

相手の声が幾分すまなさそうに響いた。

「そうですか、それじゃ機械の故障ですな。切りましょう」

『切りましょう』

そのときふと、相馬氏は相手に訊ねた。

「失礼ですが、こちらは保土ヶ谷区ですが、そちらは東京ですか」

『いえ、社名淵《しゃなふち》です。紋別《もんべつ》の……』

社名淵という地名は、確かに北海道にしか存在しない。

ふたりは驚き合いながら電話を切ったそうだが、筆者としては、あとひと言訊ねて欲しかった。

そこは殺人があった場所なのかどうかと……。

五衛門屋敷

富士の裾野にある遊園地に行った帰り、友人の菊池は彼女とふたりで食事でもと、大きな土産《みやげ》物屋に入った。

中に入ると観光客でいっぱいだったので困惑していると、店員が「お急ぎでないのなら遊んでいってください」と告げた。

聞くと中には動物園や遊園地、博物館まであるというではないか。急ぐ理由もないので、ふたりはレストランを抜けて庭に出ると順路を辿り始めた。

まず初めは五衛門屋敷という博物館であったが、農家をそのまま使っているらしいそれは、薄気味悪い雰囲気が漂っていた。

入ろうかどうか躊躇《ちゅうちょ》していると、切符売りの老人が目の前に飛び出してきた。

「あんたたちは運がいい。今まで満員で入場制限をしていたんだ。いや運がいい、本当にいい」

とまくしたてられ、なにがなんだか判らないうちに千五百円を払ってしまっていた。

屋内は完全に普通の家なので靴を脱いで上がる。壁ぎわのガラス張りのショーケースの中に展示物が入っていた。

「なにコレ？」

彼女が素っ頓狂な声をあげた。

樹海で拾ってきた樹の根に色付けした人形が置いてあるだけなのだ。

根の先が丸くなっていると『釜盗っ人』。

『猿蟹合戦』『うたまろ』『外人に驚く日本人』などというものまであった。

「なぜ、こんな物を金を取って見せているんだろう」

菊池が入口を見ると吊ってある簾《すだれ》の隙間から覗いている老人と目が合った。

老人はしきりに頭を下げたり、ニコニコと愛想を振りまいている。

また別の木には、割れ目に硬貨がギッシリ詰め込まれて「祀られて」いた。

奥には沖縄の『ひめゆり記念碑』のそばで拾った石が展示してある。

石の真ん中に割れ目が入っていた。

そばの解説には、女の春を知らないで死んでいった彼女たちは無念だろうが、こっちも無念じゃということが書かれていた。

残りの展示物は性の仏像で、性器が誇張して造られているためか、その部分には昆布が巻かれていた。そしてカレンダーの裏側に書かれた案内には「以前はすべてをお見せしていましたが、当局の指導により今は実に残念」と書かれている。二階には部屋を埋め尽くさんばかりの昆虫の標本が並べられており、鴨居には豚・馬・猿・鮭・なめくじなどの交尾写真のパネルが飾られ、横には昆虫の殺し方を記した標本の作り方を書いた模造紙が画鋲で留めてあった。

「もう出よう、怖い」

「そうだな」

詰め物の藁くずを首から噴きこぼした、崩壊しそうな馬のはく製の脇を抜けて、彼らは先を急いだ。

途中、うさぎの小屋があったが、何も食べていないのか、彼女が持ってきたスナック菓子はまたたくまに食い尽くされてしまい、取り合いの喧嘩までが始まった。

餌場の飲み水は濁り腐っていた。

またラスカルと書かれた鉄の檻に閉じ込められたアライグマは、自分の首に巻き付いた鎖を延々と咬み続けていた。

病気のケモノ特有の臭気が檻を囲んでいた。

途中から上りになり、山の頂に着くと猿山があった。

彼女は先ほどの陰鬱な気分を拭き消そうとするかのように、元気よく目当ての猿めがけて餌のサツマイモを投げ与えた。

しかし突然、彼女が悲鳴をあげた。

「どうしたんだ」

彼女が指さす先を見ると、一匹の猿が何かを引きずっている。足であった。

その猿は人間の足を棒切れのように持って、振り回していた。

「ああ、あれはマネキンでね。あいつのお気に入りなんですよ」

餌屋の主人は笑った。

彼らはそこを早々に立ち去ると、上のレストハウスに向かった。

見ると使われていない幽霊屋敷がある。

「入ってみようぜ」

嫌がる彼女を強引に連れて菊池は中に入った。

「なんだコリャ」

菊池は、これほど粗末な幽霊屋敷を見たことがなかった。

入口から出口までが十五メートルほどで、しかも直線なのだ。

人を驚かすための仕掛けは死んでいて動かなかった。しかし、死んだ幽霊屋敷というロケーションそのものに恐怖を感じた。

「もう出口だ」

と、菊池がしがみついていた彼女に声をかけた瞬間、壁に設置してあった巨大な女郎グモが大きな音をたててバタバタと動いた。

彼女は驚いた拍子に壁の卒塔婆《そとば》で腕を切ってしまった。

「もういやだいやだ」

泣きじゃくる彼女をなだめ休憩室に行き、係員に手当てを頼むと「あそこは入れないよ」と言われた。

そんなことはないと菊池が抗議すると、

「わたしは嘘は言ってないよ」

ついておいでと言われた。

彼女を残して菊池は係員の後を追った。別の施設のことだろうと思っていると、係員はさっさと最前の場所に彼を案内した。

「ここでしょ」

扉は板切れで十字に打ち付けられ封印されていた。

菊池は確かにここから入ったのだ。

いぶかる菊池に係員は、横の窓から中を開けてみせた。

菊池が入った場所だった。ただし灯りはまったく点いていない。

「どうしてやめたんですか?」

係員は菊池から目を逸らすと、言葉を濁した。

「うん、それはちょっと」


結局、食事もそこそこに帰路についたのだが、あの何もかもが陰気すぎる不可解な遊戯施設の謎は、ひとつとして解明されないままになった。この狂気の館が今も開業しているのかどうかは定かではない。

神と呼ばれた老婆

大工という職業は今でも数々のジンクスに囲まれている。

表現は悪いが、『地鎮祭』『棟上げ』『建前』と通常知られている以外にも、鬼門をはじめとする方位・家相など、様々な因縁を巡る細かな配慮がなされている。

山口は、この道十五年になろうとする業界の中堅。最近ようやく念願の会社を設立し『親方』になった。

「井戸はな。埋めるときは必ず塩を撒かなくちゃなんねぇんだよ」

この本を作るにあたってなにか因縁めいた話を聞き出そうとした私に、彼は呟いた。

「俺が、まだ追い回しの頃、井戸を潰すのに『お浄め』をしなかった親方がいたんだ。

そしたらその親方、なんと肥溜《こえだ》めに落ちちまった」

「不運だな」

「いや、そうじゃねぇ。危険防止に当然、肥溜めには蓋がしてあったんだ。コンクリートの厚い蓋がな。ひとりで持つのも、やっとってやつだ……それを足でブチ抜いたんだ。ただの地下足袋でな……祟りだよ」

彼はポツリと言った。

あまり多くを語らない男だが、妙な話を続けた。

「これは本当の話なんだけどよ……神様に会ったんだよ」

山口が言うには、神を名乗る老婆の家を手掛けたというのである。

「最初は信じなかったけど、一緒に仕事した仲間が妙に『あの人の悪口は言わないほうが良い』なんて神妙に言うもんだからよ」

しかし、どんな場所にもヘソ曲がりはいるもので、塗装工のひとりがまるで挑戦するかのように、悪口を言い続けていたそうである。

数日後、その塗装工は足場から落下し大怪我をした。

もはや、老婆の悪口を言おうとする者はいなくなった……実証されたのだ。

「俺たちはプロだ。不注意で落ちるなんてことは一生に一遍あるかないかだ。その一遍が来ちまったんだよ」

ちなみに、その現場ではいつもなにかの視線を感じていたという。

パースがずれる

デッサンなどで、あるべきところにあるものがある、または構造上のものがキチンと納まっていることをパースが合うと言うが、これがズレると妙な雰囲気の絵になってしまう。

大学時代から『夜の帝王』を自認していた田中が漏らした話。

その晩も、いつものようにディスコでナンパした女の子を連れて東名横浜インター近くのラブホテルに入ったのだが、妙にカビ臭い雰囲気の部屋だった。

「妙だなと思ったんですけど、すぐに忘れてシャワーを浴びにいったんです」

ふたりでシャワーを浴びて、彼女が先に出る。田中は泊まりだという気もあってノンビリと浴槽に身を沈めていた。

やがて、彼女のことが気になりガラス越しに部屋を覗くと、彼女は疲れたのかうつぶせで、ベッドに潜っていた。

……ヤバイ、寝ちまう。

田中は急いで洗い場に出ると、もう一度彼女を見た。

様子が狂っていた。田中は目を凝らした。

しばらくして、原因が判った。パースがズレているのである。

彼女の膝から下がベッドの端からダランとはみ出している。

つまり、胴が長すぎるのである。

「新種のパーティ用手品かと思いました」

田中は風呂から出ると彼女にソッと近づいた。どこも変わったところはない。

彼女の脚はベッドの中にあった。が、その瞬間、猛烈な勢いで鳥肌が立った。

「あのはみ出した脚の本来の持ち主は、まだ部屋にいると感じたんですね」

田中は一刻も早くこの場から逃げ出そうと、電光石火で彼女とコトを済ませると、ホテルを後にしたという。

「怖かったですよ。もちろん女の子には黙ってましたけどね」

ちなみにそこのホテルでは、やはり殺人事件が起こっていた。

エンジェルさん

ご存じ、コックリさんと同形の招霊遊びのひとつにエンジェルさんがある。

ある時、私の中学校では全面的にコックリさんが禁止された。違反しているところを発見されると全員、男女関係なく横っ面を張り飛ばされた。

そこで登場したのが『エンジェルさん』であった。

なんとも子供の考え方だが、名前が違うから良いのだという論理で、ふたつ下の妹はよくやっていた。

「エンジェルさん、エンジェルさん。どうかこちらに来てください……」

という文句は同じだが、コックリさんのときには円の中央に鳥居を描いていたのを、エンジェルさんでは大きなハートを描いた中でコインを動かすのだった。

あるとき、彼女たちは放課後にエンジェルさんをやっていた。

「必ず、帰ってもらえば大丈夫なんだから」

妹は信念を持っていたようだ。

いろいろな質問の後、さあ帰ってもらおうとなったとき、教室のドアが音をたてて開き、担任が入ってきた。

「おまえらさ、なにをしとるか」

腹に響くような怒声に生徒たちは仰天した。

何人かがワッと離れた。

「だめ！　エンジェルさん帰ってない」

妹は叫んだらしいが、それがかえって担任を怒らせた。

「平山！」という声とともに彼女は殴られ、倒れた。

「全員並べ！」

という声に青ざめた表情の生徒たちが従った。

「おまえら、どういう……」

と担任がそこまで言いかけたときに、廊下を物凄いものが駆け抜け、地鳴りとともに教室が揺れた。

担任も含めた全員が真っ青になったという。

「なんだ、今のは……」

まるで何百頭もの馬が駆けて行ったようだった。

生徒たちが泣き出した。

担任はひとつ離れた教室に残っていた生徒のところに音の正体を確認しに行ったが、誰もそんな音は聞いていないと首を振った。

「もういい、おまえら帰れ」

担任は疲れた様子で妹たちにそう言った。

その晩、話を聞いた私はそれを散々、馬鹿にした。

「おまえら全員、耳がいかれたんだよ」

当時、まだ校舎は木造だったので変に反響したんだろうと言った。

「そんなことないもん」

「作り話はやめろ」

と、とうとう口喧嘩になって妹を泣かせてしまった。

翌日、友達を追いかけていた私は廊下の床をブチ抜き、三カ月間松葉杖の世話になるという怪我を負った。

場所は妹の教室の前であった。

不意打ち

「霊にも卑怯な奴がいる」

大学時代の友人である小松は、よくそう言ってボヤいた。

小松は住職の息子だが、兄が寺を継ぐために本人は修業らしいものは一切しなかった。

私と一緒に映画研究会に入っていたが、彼のいいところは怒らないことと霊体験が豊富なところだった。

「ジワーッと出てくる奴は構わないんだよ」

小松が言うには、ラップ音や気配がそれとなく知れる霊に関してはさほど恐怖を感じないそうなのである。当然、来たなと思うと彼は門前の小僧ではないが、ゴニョゴニョ経を唱え始める。

彼が怒っているのは、唐突な出現をする奴らについてらしい。

一度、こういうことがあった。夜中、トイレに起きた際、電気を点けるとバーンといたのだそうである。

彼より先にワイシャツ姿の男が便器に腰掛け、上目遣いで小松を睨んでいて「気絶しかけた」そうである。


さて、そろそろ卒業シーズンを迎えようかという頃、友人の内定が次々に定まっていく中、小松だけはいつまでもスーツ姿で会社回りをしていた。

そんなある日、小松が身体を奇妙にねじくれさせて姿を見せた。

「どうしたんだよ」

と聞くと憮然として、

「考えられねえ」と怒り出した。

あまりに激しいので曲がった身体を抱きかかえるようにして近くの居酒屋へ連れ込み、したたか飲ませると、

「この間、実家に戻ったんだよ。就職の状況説明と親孝行も兼ねて」

小松が故郷に戻るとちょうど、駄菓子屋のじいさんの葬式の途中だった。

よせばいいのにこの男、昔の慣れからか、じいさんにイタズラをした。

着物のあわせを逆にしたのである。つまり生者あわせにしたのだ。

幸い、親族が見つけて直したそうであるが、仕返しは東京に戻ってから起きた。

夜中に電灯のスイッチを点けた途端、鼻先に死んだじいさんが突っ立っていたのである。

小松は、その場で頭を床につけ腰を浮かせた奇妙な『くの字』になって昏倒した。

そして朝、目覚めるとすっかり骨やスジが固まっていたのだそうである。

我々が頬を膨らませる彼に言った。

「まあ、その程度で良かったな」

二階のないマンション

人間の発想というものは、たまに信じられないようなことをするという見本のような話があった。

前述の奏さんの友人に、原宿の事務所に勤めていた人がいた。

彼女は原宿の街中というその場所に魅力を感じていた。しかし赴任早々、なにか『いやな感じ』が彼女を襲った。

その事務所のあるマンションはかなり以前に建てられたものであるが、変なコトが少しあった。

まず、二階がないのだ。

エレベーターは一階の次、三階まで行ってしまう。

外から見ても二階には窓がひとつもない。

妙である。

しかし、いっときは芸能界のドンとも言われていたO氏などが借りていただけあって、内装も格調高い雰囲気を漂わせていた。

一カ月して彼女の会社の社長が交通事故で入院することになった。

怪我は思ったよりも悪く、日を追うにつれて悪いところが広がるようにさえ見えた。

また、会社の事務員の子の家が火事で焼けてしまった。

その後も結局、なんだかんだで満足に仕事ができる者がいなくなり、会社は開店休業状態になってしまった。

ある日、エレベーターに乗ろうとしていると、視界の外をなにか黒い影がかすめた。

不審に思い玄関の脇を見ると、マンションの横に付いている細い階段を袈裟着の坊主が上がって行く。

……なんだろう。

その場ではあまり気にもせず、彼女は三階にある事務所に向かった。

しばらくすると彼女の自宅が泥棒に入られた。金品の被害は少なかったが精神的なダメージは大きかった。

なんとなく疲れてきた頃、一階のブティックのマヌカンから声をかけられた。

「あなた、今度新しく入った人？」

「はい」

「何階？」

「三階ですけど」

するとマヌカンの表情が変わった。

「あなたの会社、なにか変わったことない？」

彼女は差し障りのない範囲で社長や事務員さんのことを話した。

「やっぱりね」

マヌカンは顔をしかめて続けた。

「あなた、その会社辞めたほうがいいよ。っていうか、このマンションから出て行ったほうがいい」

「どうしてですか？」

「あなた、ここの大家さんが誰だか知ってる？　お寺なのよ、お寺」

マヌカンは、このマンションというのが寺の広大な墓地を潰して建てたものだと告げた。

「しかも代替地なんかに墓を移設してないのよ、ここは」

「どうしてるんですか？」

「二階がすべて納骨堂になってんのよ」

彼女はひどいショックにめまいがした。

「ここは土地が高いから近所に代替地が持てなかったのよ。だからマンションの二階をブチ抜きで墓地にしてしまって、私たちはそこにいるのよ」

彼女は二階にエレベーターが停まらないわけも、坊主が横の階段から出入りしているわけも同時に悟った。

マヌカンは、下よりも上のほうが霊障が激しいと言う。中でも三階が一番激しいのだそうだ。

奏さんの友人は社長にこのことを報告すると、支店への出向を希望した。望みは叶い彼女は難を逃れたが、オフィスの賃貸契約が残っていた社長は、その後二年間をそこに通うことになった。

その間、彼はほぼ一カ月おきに大病を繰り返す半病人のようになってしまったらしい。

そのマンションは今でもある。

文通

私がコンビニの店長をしていた頃の話。

ある晩、予定していた夜勤者がこないという連絡を受けた。その男は真面目な人間だったので、なにかあったのかと家に連絡をした。

夜分の電話を詫びつつ、本人を呼び出してもらう。帰宅していなければアウトだが、いればまだバイトに出させるチャンスはあった。

「どうしたんだ」

幸運にも本人はいた。

「すみません、コンパで飲み過ぎてしまって……」

「そんなことは理由にならん、出て来い」

私は彼の声に何かひっかかるものを感じた。

「なにかあったのか」

しばらく沈黙した彼はこう答えた。

「今日、行ってもいいですけど、店長もいてくれますか」

妙な申し入れだが、来店させればこっちのものだ。判ったと答えて店に急いだ。


店に着くと彼は既にエプロンに着替えていた。

「トシちゃん、どうしたんだよ」

須藤俊夫というその大学生は少し照れたような顔をして言った。

「今日はいてくださいよ」

私は彼の手が空くまで倉庫で時間を潰していた。


「なにがあったんだ」

やがて一段落して倉庫に戻ってきた彼に訊ねた。

以下は須藤君の話である。

幼い頃、広島に住んでいた彼は小学校の六年生までそこで暮らしていたのだが、三年生の時に京都の子と文通することになった。

相手は同じ三年生で、名を保君といった。

互いにひとりっ子だったということもあり、須藤くんと保君はすぐに仲良くなった。

「結構続いたんですよ」

彼らのやり取りはおよそ二年続いた。

五年生の夏に彼から便りが舞い込んだ。およそひと月に一度となってはいたものの、彼らのキャッチボールは続いていた。

下部に薄い水色の絵の具で、プールで遊ぶ子供たちが描いてある暑中見舞い式のハガキには、

『トシちゃん、お元気ですか。今年の夏は僕も泳ぎを一生懸命に覚えて、トシちゃんに負けないようになりたいです』

と書かれていた。

彼はさっそく返事を出した。ところが保君からの返事が秋になってからも届かない。

……おかしいな、と思い始めた頃、保君の母親から連絡があった。

彼はプールに行く途中で車にはねられて死んでしまったのである。

病院でも間際まで、プールに行きたいと呟いていたという。

母親からの知らせを受けたとき、須藤君は泣いた。彼は初めて人は死んでしまうものなんだということを実感した……ハガキは、いつの間にか失くしてしまっていた。

中学生になった須藤君は、お父さんの仕事の関係で横浜の保土ヶ谷に引っ越してきた。サッカー部に入り、日々グッタリするまで練習に明け暮れていた。

ある時、下校中に友人と公園を通りかかったところ、『エッチな本』が野積みされ捨てられていた。彼と友人はそのいくつかをカバンの中にしまい込むと帰宅した。

部屋にこもりページをめくっていると、パサリと落ちてきたものがある。

「?」

拾い上げて驚いた。

それは保君からのハガキだった。

『トシちゃん、お元気ですか。今年の夏は……』

で始まる、あのハガキだったのである。

「懐かしいっていうか、気味が悪かったです」

須藤君は言った。

彼は両親に、偶然拾った漫画本の中から出てきたと見せた。

須藤君同様、ふたりとも複雑な表情をしていた。ただ母親だけが「大切にしなさい」と彼に言った……。しかし、再び彼はそれを失くしてしまったのである。

そして今回である。

実は彼は大学の四回生になっていたので『追い出しコンパ』に参加していたのである。当然、夜勤もあるし元来それほど飲むほうではなかったので、須藤君は時間もそこそこに新宿の店を出て帰宅した。父親が朝早いので両親はすでに眠っていた。

自分の部屋に入ると、机の上に何かある。

……なんだろう。

見ると、それには『トシちゃんへ、お元気ですか』と書かれていた。

あのハガキであった。

彼は仰天して、両親を起こした。

「だれが、置いたんだよ」

「俺だ」

と父親が言った。

実は須藤君の父親には古切手収集の趣味があった。

父親はたまに神田の古書店に行くと、ひと束五百円程度で売られている使用済封筒の束を買ってくる。

その中に入っていたのである。

こうなっては須藤君はひとりで夜勤をするのがすっかり恐ろしくなってしまった……。

というわけである。

結局、私は朝まで彼と付き合うことになった。

ハガキも見せてもらった。水色だった部分は随分と汚れて、紙もパサパサとしてすぐに破れてしまいそうだった。こんな物がそんなに長い年月、ウロウロと世間をさまよっていたなど、にわかには信じ難い。

「お祓いしたほうが良いですかねぇ」

と彼が訊ねたので、

「いや、親元に帰してやんな」

と広島の実家に送り返すことを提案した。

彼はいきさつを書いた文章とともに、それを保君の母親に返却した。

保君の母親は礼の電話をよこしてくれたが、電話口で泣きながら喜んでくれたそうである。

もう八年も前のことになるが、今のところハガキが戻ったという連絡はない。

おじぎ人

山崎の友人の毛利君の話である。

彼の霊能力はお母さん譲りのものらしい。

彼女は毛利君を凌《しの》ぐ霊能力を持っていた。

昔、東横線の日吉駅から歩いて五分ほどのアパートに引っ越しが決まった彼は、手伝いにお母さんを呼んだ。

平日では困るので、入居してから数日ほど過ぎた日曜日に来てもらうことになった。

駅でお母さんを待っていた毛利君は、内心密かに不安を感じていた。

このアパートに越してきた毛利君が、夜テレビを見ていると、隣の部屋から笑い声が漏れてくる。それも、ちょうど同じ番組を見ているようで、笑うタイミングも同じなのである。

……壁が薄いなぁという不快感を拭いきれずに過ごした翌朝、アパートの外に出てハタと気づいた。

毛利君が住んでいる二階には、彼以外の住人はいないのだ。

不吉な予感のもとはここから始まっていた。


やがてお母さんがやって来た。

ふたりは近所で細かな雑貨を買うとアパートへ向かった。

「あんた。あれでしょ」

とお母さんは道の向こうに見えてきた建物をさして言った。

「そうだけど、どうしたの」

「ふーん」

怪訝そうな顔をしてお母さんは毛利君を見た。

やがて、アパートの階段の下に来たところ、

「ここはろくなところじゃないよ、あんた」

と彼女は憮然として呟いた。

お母さんの反応は毛利君が部屋の鍵を開けたときに爆発した。

「ああ、わたし、ここ駄目だわ」

彼女はそう言うと荷物を捨てて階段を下りて行ってしまった。

毛利君が追いかけると、

「あんた、あのアパートはろくなもんじゃないよ。早く、すぐに出なさい。もう判ってるでしょ」

と語気荒く言われ、彼がへどもどしているとお母さんは帰ってしまった。

その晩、彼がテレビを見ていると例によって笑い声が響いてきた。

(……うるせぇな)

と彼は心で強く念じた。

途端に笑い声は止まった。

これだけで相手が何かはっきりした。

毛利君は御札で結界を作って、その中に布団を敷いて寝た。

真夜中、ふと目を覚ますと、嫌な気配が充満していた。

彼の部屋はワンルームなので、玄関がまる見えである。

そこに見知らぬ男がいた。

ワイシャツ姿の男が、あがりかまちに正座しておじぎを繰り返している。しかも、眼球が眼窩《がんか》から外れかかって顔は血塗れであるにもかかわらず、口元はダランと笑っているように見える。

……なんだこりゃ。

霊を見慣れている彼ですら、全身の毛穴が開き鳥肌が立った。

さらに、よく見ると顔を下げる男の後ろに女が立っていた。

女は岩のような物を持ち上げて、男の後頭部をガンガンと殴りつけている。

その度に、男の頭はカクンカクンと『おじぎ』をするのである。

翌日、不動産屋に解約を申し入れると、なにも言わずに保証金一切合切、全額返金してくれた。

今でもそのアパートは、中原街道から少し入ったところにある。

狐三千匹

私の友人に非常にユニークなお父さんを持つ男がいた。

数々の商売を手掛け、そのいずれもパイオニア的存在であったにもかかわらず、生来の人の良さが災いしたのか、彼はいつも『半歩の差』で他人に成功を譲っていた。

あるとき、ひょんなことから農地買収を任されることになった。ところが、話がひとつひとつまとまるにつれ身体の調子をひどく崩し始めた。

人気がある人だったので、当然のように知り合いが病院の紹介状を持ってやってきたり、漢方の滋養薬を送ってきたりしたが、まったく効果がない。

医者に話しても検査結果が正常なものを病気扱いできないと、結局、心の問題ということにされ、不定愁訴、自律神経失調症とのレッテルを貼られてしまった。

治まらないのは本人で、身体が悪いのはハッキリしているのにオツムの問題にされてたまるかと、とうとうメシも食わなくなって寝込んでしまった。

友人が帰省したのはそんなときで、心配ないからと言われていた父親の部屋に入ってビックリした。部屋中に油揚げがビッシリと敷かれているのだ。

なんとその数、三千枚。

「いったい、どうしたんだよ」

ベッドの中からもっそりと起き上がった父親が照れ笑いを浮かべた。

話はこうである。

食事をしない夫を見かねた母親が知り合いの霊能者のもとへ行ったところ、「待ってました」とばかりに即座に往診（？）してくれたらしい。

霊能者は父親を診ると破顔一笑、パッと宙を指さし、

「これはこれは、お狐様を三千匹も背負うてござる」

つまり、彼の父親はその人徳ゆえか、買収地の『お狐様』をも呼び込んでしまったそうなのである。さらに、あまりの居心地の良さに噂（？）が噂を呼び仲間が集まり、やがて『軍団化』してしまったというわけであった。

「油揚げを献上しなさい。腹がくちくなれば去るでしょう」

今では元気に暮らしているそうだが、不思議なのは三千枚もの油揚げが実にいともたやすくスーパーや近所の店を数件回っただけで手に入ったことであるという。

買いに行ったお母さんの話によると、そのいずれもがなぜか仕入れ過ぎ、作り過ぎで難渋していた矢先のことで、買いに行く先々で彼女は随分と有難がられたそうである。

子泣き

山崎の友人、毛利君の話である。彼は霊能力が強いこともあって、たびたび不思議な目にあうが、これはその中でも彼が自信を持って語る不思議遭遇譚である。

彼は仕事の関係で長野を回っているときに、山間の畑の道に提燈《ちょうちん》がズラリと提げられているのを見つけた。

……祭りかな。

それにしてはひと気がないなと思いながらも車を進めていくと、突然ガクンッという衝撃がきた。慌てて車外に飛び出すと、なんと道が消え、彼の車はただのあぜ道の上にドデンと乗っかっていた。

提燈も消えてしまっていたそうである。

また彼は、つい最近、脱腸を起こし二週間ほどの入院生活を送った。

その際、隣のベッドにいた印刷工場のご主人が深夜、苦しみに苦しみぬき、ついに朝方、果てた。翌日、看護師から死亡が告げられ、また遺族の簡単な挨拶などもあったが、毛利君は疲れから夕方早々に寝付いてしまった。

やがて深夜に目を覚ました。ベッドの上でジッとしているのにも飽きた彼はセブンスターの箱を掴むと暗く闇に沈む廊下を歩いて喫煙所に向かった。

彼は真っ青になるほどの月明かりに照らし出された三畳ほどの狭い部屋に顔を突っ込むと同時に、先客がいることに気づいた。

印刷屋のご主人だった。

……しかし不思議と怖くはなかった。

自分と同じ患者着をまとったその姿は、つい昨日まで話を交わしていたアノ人のままだった。

毛利君はそのまま中に入ると、ご主人の横に腰掛けた。

正面の壁にある『面会時間厳守』と書かれた貼り紙を見つめながら、手にしたセブンスターをくわえ、火をつける。

ご主人はジッと同じ壁を見つめていたが、毛利君には彼が壁ではなく、その先に広がっている『虚空』を見ているのだと判った。

「……死んだんですよね」

彼は視線を外さずコクリと頷いた。

一服終えた毛利君は挨拶をしてそこを去った。


本題に入ろう。

以上のような彼が何を思ったのか、社会人になってまもなくの頃、突如『奇妙な経験』をしたくなったそうである。

「思えば随分と下卑た衝動だった」

と彼は呟く。

本人によると、それはまるで事故現場を覗きに行くような、さもしい精神にかられて行動したのだという。理由は判らない。しかも彼はそれを自分の不思議な能力を使って確かめてみたいと思ったらしい……。

彼は東京から関西に向かい、事故現場や霊の出そうな場所を狂ったように巡った。

そして、ついに峻厳たる霊場のひとつである、東北の月山に辿り着いた。

バイクで山道を上がって行くが、いっこうに入口が見当たらない。そのうちに雲行きがあやしくなり始め、小雨があっという間にしんしんとした陰雨となった。

けぶる雨の中をバイクを押しながら行くと、ようやく小ぶりの鳥居を発見した。

……結界だ。

毛利君は鳥居が何を示すのかをよく知っていた。それが俗世との境界になっていることも。

そのとき、突然寒気が襲い、彼は鳥居の先に目をやった。

見ると妙である。

雨が縦に渦を巻いていた。つまり毛利君に向かって口を開ける形でグングンと渦を作っているのである。

一瞬、ためらった彼は、鳥居の足元に小さな人影を見つけ仰天した。

裸で蓑笠をつけた赤ん坊なのである。しかも顔は老人のそれであった。

「おまえ、ここから先は行かないほうが良いな」

と不快気にそう告げた。

鳥居の先を見ると渦は最前よりもずっと大きくなってた。

足元に視線を戻すとすでに人影はなかった。毛利君はUターンして山を下りた。

「水木しげるって、絶対に子泣き爺を見たんだぜ」

彼は今でも自信を持ってそう断言する。

「……だってソックリだったもんな」

彼が妖怪に逢ったのは、今のところこれが最初で最後である。

走る山伏

柘植さんは栃木県は結城市の出身だが、彼女の小学校は処刑場の跡に建てられていた。これは地方でも首都圏でも同じことなのだが、一定以上の広さの土地を確保するには『墓』を利用するのが一番手っ取り早いのである。東京でも高層ビルの一部が墓地や刑務所跡だったりすることは珍しくない。こうするより手はないのだ。

というわけで、彼女の小学校だが、ここで彼女は実に変なものと出逢うことになる。

もともと、そこの小学校にはいくつかの謎があった。まだ幼かった彼女はすべてを憶えてはいないが、記憶している中で強烈なのは砂場が腐るということであった。

「なんだか、すぐ砂が駄目になっちゃうんですよね。ベトベトになってひどい臭いがして……」

学校側は衛生面での問題もあって、砂場に巨大なコンクリートの器を埋め、その中に新鮮な砂を詰めたそうである。

「それでも二ヵ月もたないんです」

結局は砂場はなくなってしまったそうである。

四年生のある日、彼女は学校に『たて笛』を忘れてしまったことに気づいた。

彼女は一緒に遊んでいた友達に、学校に一緒に戻ってくれるように頼んだ。

放課後の学校にはひと気がまったくないのだ。

「普通は学校で遊ぶんでしょうけど……ウチの田舎のほうは遊ぶ場所はいっぱいあったし、なんとなく気味が悪い学校で、先生も授業が終わるとサッサと帰ってましたから」

結局、五人で学校に戻ることにした。

教室は二階にあった。みんなで騒ぎながら歌を唄って教室に入ると、無事にたて笛を手に入れた。

「かえろ」

彼女が声をかけると、友達が廊下に出て窓際から外を見て、目を丸くしている。

「どうしたの」

「あの人……おかしい」

友達はそう言うと亀のように首をすくめたまま、窓の外を指さした。

しばらく見ていると門の外を白い影が走りすぎた。

「なにあれ」

「わからんけど……速すぎる」

友達は震えていた。

ご存じのように田舎の小学校は校庭の取り方もダイナミックであるし、校舎も東京のそれのように階数を増やして上に積み上げるようなことはしない。つまり、敷地は広大なのである。現に彼女の小学校は生徒数が千人を超えるのに、校舎は二階建てなのだ。

門の間を過ぎ去った先から、白い影はすぐに登場してくる。

彼女の学校は高い外壁に囲まれ、その人影を見ることができるのは門の間を通る一瞬なのだが、首を左にして少しすると、また右から白い影が現れる。

「あれは天狗だ」

白装束に身を包んだ姿は、確かに天狗か山伏のように見えた。

全員がテニスのラリーを見るように頭を振っているとやがて妙なことに気づいた。さっきまで見えなかった頭の先が外壁の上から覗くようになっていた。

「大きくなっとる」

「私らが見てるからじゃ」

言葉の通り、今では耳のあたりまでが外壁から上に出ていた。

次の瞬間、その人影がジロリと彼女たちに視線を送った。

バレてる！

子供たちは怖くなり、いっせいに泣きながら階下に下りた。

しかし、今度は外に出ようにも出られない。

下手なタイミングで出ると相手と出くわす可能性があるからだった。

結局、彼女たちは宿直の先生が騒ぎを聞きつけて来るまで、抱き合って泣いていた。

「先生は山の神様じゃないかって言ってたけど」

当時の校舎は取り壊され、今では鉄筋の校舎に生まれ変わってしまったため、神様の登場する気配はなくなってしまったそうである。

ヴァンパイア

松田君の話。

このユニークな男の名は三四郎という。

話は、彼が無事にロサンゼルス市立大学を卒業することになり、最後の思い出にアメリカ縦断を思い立った時から始まる。

カリフォルニアを出てすぐに彼はハイウェイでひとりのヒッチハイカーを拾った。

男の名はリチャード・リチャードソン。

おまえ作り話してんじゃねぇかと怒られるかもしれない。私もそう言った。

「サンシローがリチャード・リチャードソンを乗せた話なんか誰が信じるかよ」

「事実なんだからしょうがねえだろう」

と彼は憮然として言った。

確認したそうである。松田が男にＩＤを見せてくれと言うと、男はおとなしく差し出した。そこにはリチャード・リチャードソンと書かれていた。
「へんな国だな」
「そうだよ」
しい。
リチャードソンはジョージア州のアトランタまで帰るところなんだと松田に語ったら
彼はテキサスまで一緒に旅を続け、リチャードソンはそこで車を降りた。
「サンシロー、おまえには世話になった。もしアトランタに来るようなことがあったら
ウチに寄ってくれ、大歓迎するよ」
と彼は松田に住所を書いたメモを渡すと去っていった。
松田はその後、アチコチを回った後にジョージア州に入った。
……行ってみるか。
彼はメモを頼りにリチャードソンの家を訪ねた。
家を見て驚いた。リチャードソンは身なりもヒッピーめいたところがあったので、家
と言っても普通の民家だろうとたかをくくっていたが、目前にあるのは農場主然とした
巨大な屋敷だったのだ。

まず門から玄関まで百メートルほどあり、母屋の他にいくつもの棟が連なっている。

「凄い家だな」

迎えに出てきたリチャードソンに松田はため息まじりに声をあげた。

リチャードソンは鼻を軽く鳴らすとそれには答えず、

「サンシロー、家族を紹介するから入れ」

と案内した。

内部の家具や装飾品は、また格別の素晴らしさだった。

「母さん、こいつが俺をわざわざカリフォルニアから乗せて来てくれた、サンシロー・マツダだ」

「よろしく」

老母はただソファーに身を埋めながらテレビを凝視していた。彼らの言葉にも耳を貸そうとしていない。というより、彼らの存在自体を無視しているように見えた。

そこに父親らしい男が入ってきた。

「おやじ、こいつがこの間、話したサンシローだよ」

松田が握手を求めると父親は凄い顔で彼を睨みつけ、

「俺の部屋には決して入るな」と指を突きつけた。

「なんで怒らなかったんだよ」

「頭にはきたけど絵に描いたようなひどい扱いなんで、逆に徹底的に付き合ってみようと思った」

まったく変わった男である。

続いて祖父を紹介してもらったのだが、父親のときとまったく同じ反応だったそうである。

ただひとつ気になったことは、リチャードソンの祖父は、映画『悪魔のいけにえ』のじいさんのように血の気がなく、シワシワだったことだ。

リチャードソンは彼の幼い妹を紹介してくれた。

彼女だけは松田に興味を持ったようで、板を持ってきては、

「カラテで割って」

などと話しかけてきた。

リチャードソンの父親は義理の父であった。松田に親しく声をかけてきた妹との血のつながりはない。

「サンシロー、うちの廊下にあるクローゼットを見た？」

妹の声に松田は頷いた。それは別の棟に続く廊下だったが、途中に大型のクローゼットがボンと置かれて幅が狭くなっている。

「なぜ造りつけにしなかったんだ？」

松田が訊ねると、妹が声をひそめて、

「この前、ポーカーでイカサマをした奴がいて、そいつをみんなで叩き殺しちゃったのよ。そしたら壁についた血が取れなくて仕方ないからクローゼットで隠したの。それからね、サンシロー。おじいちゃんには近づいちゃ駄目よ。彼はヴァンパイアなのよ、本当よ」

ひどい冗談だとは思ったが、家の雰囲気にはピッタリだった。

その晩、松田はリチャードソンの家で休めという強い勧めを断って、駐車場に停めた車の中で寝ていた。

深夜に目が覚めた。蒼い月明かりがあたりを照らし出していた。

……今なら日本は夕方ぐらいだろう。

松田は日本に電話すべく、エンジンをかけて車をソロソロと側道に回した。

家の門までは長い。エンジン音がみんなを起こしていないかと家を振り返ると、窓に四つの影が立って松田の車を見下ろしていた。

彼はさすがにゾッとして、畑の道に急いで車を乗り入れた。

すると小道の真ん中にリチャードソンの祖父が立っていた。

しかも右手になにかをブラ下げている。

車の速度は五キロ程度、ノロノロと進んでいる。

車が近づくにつれ、それが黒人の赤ん坊であることに気づいた。

祖父はオーバーオールを着て、赤ん坊の脚を持って畑の道に立っていたのだ。

赤ん坊は泣きもせず、ピクリとも動く気配がなかった。

一瞬、轢いちまおうか……という思いがが脳裏をかすめた。

しかし、松田の車が直前に迫ると、老人は横に身をかわした。

どういう反応か知らないが、松田は挨拶を交わすときのように片手を上げた。すると老人も片手を上げ返した。

松田はバッグからカメラを出すと、窓越しに老人の姿をカメラにおさめた。証拠になればと思ったらしい。

松田は祖父から距離が開くと同時に、アクセルを目一杯踏み込んだ。

後日、現像から上がってきた写真には老人の姿はなく、そこにはただ茫漠たる畑だけが広がっていたという。

ポケベル

垣内さんは去年の暮れになってからポケベルを使うようになった。

今までは監視されているようで嫌だと使わなかったのだが、フリーの編集者という立場上、家の留守電だけでは間に合わなくなってしまったのである。

最近のポケベルは、電話の着信を知らせるブザーを鳴らすだけではなく、必ず発信者の居場所の連絡先をメッセージとして打ち込むことができる。すると、相手が持っているポケベルの液晶に、呼び出しをかけた人の電話番号が記されるというわけだ。

いつの頃か、彼女のポケベルに見知らぬメッセージが入ってくるようになった。

一応、連絡をしてみるが雑音しか聞こえない。忙しい彼女はイライラして切ってしまっていた。

ある晩、連日に及ぶゴタゴタとした入稿作業に追われ、クタクタになってベッドに潜り込んだとき、唐突にポケベルが鳴り出した。時間は深夜三時を回ろうかというところだった。

メッセージは『〇三‐三七××‐五八×一』。

あの覚えのない番号だ。

ついに堪忍袋の緒が切れた。

荒々しく受話器を取るとメッセージの場所に掛けた。

呼び出し音が続く。

「やっぱりイタズラだったんだ……」

諦めて受話器を置こうとしたとき、ブツッと回線の繋がる音が聞こえた。

「もしもし？」

返事はなかった。だが、代わりに読経が流れてきた。

「ナァムアァミィ」

慌てて受話器を置いた。

もう寝てしまおう。

布団を敷き始めると、再びポケベルが鳴った。腕に鳥肌が立った。

メッセージは同じ『〇三‐三七××‐五八×一』。

電源を切ろうとすると、すでにOFFの状態になっている。

喉から低く声が漏れた。その瞬間、軽く震えるようにして再びポケベルが鳴った。と同時に、暗いユニット・バスの中でドコンと大きな音がした。

電気の消されたドアの後ろで、何かの気配が膨らんだ。

彼女はポケベルを投げ出すと、そのまま実家に帰ってしまった。

翌日、彼女はNTTへ行き、ポケベルを替えて貰った。

そのポケベルはいまも、誰かが使っているはずである。


ポケベルの話をもうひとつ。

和田君の弟は、連絡を取りあうのに便利だと仲間三人でポケベルを持つことにした。

これは彼らが持ちはじめて、しばらくたってからのことである。

ある日『三七一九四五九』というヘンなメッセージが、橘という友達のポケベルに入っていた。

「なんだこれ」

橘君は電話番号にしては短すぎるこの番号を大して気にする様子はなく、和田君の弟に見せて笑った。

「へんなもんが入っていたよ」

彼の乗ったバイクがトラックと接触事故を起こすのは、翌日のことだった。

鎖骨と右上腕を折った彼は、病院のベッドの中で痛々しい姿のまま言った。

「急にハンドルを持っていかれた」


仲間のひとりである古川君が同じ番号を見せてきたのは、橘君が入院して一ヵ月後のことだった。

「こんなの知ってるか」

「あれ、俺。前にも同じのを見たよ」

「どこで」

「橘に見せて貰ったけど、全然知らないって」

首をかしげていた古川君から、明け方に電話が掛かってきた。

『和田ぁ。俺の家、燃えちゃったよ』

隣の家から出火した炎が、古川君の家までなめてしまったのである。

原因は寝煙草だった。

驚いた和田君の弟は、翌日、古川君と共に橘君のいる病院に向かった。

「『三七一九四五九』ってなんだんだ」

「『ミナイクジゴク』だろ」

橘君はポツリと言った。

和田君の弟のポケベルが鳴ったのは、その帰りの電車の中だ。

メッセージは『三七一九四五九』

和田君のお父さんが仕事場で大怪我を負った時刻と同じだった。


「NTTに返そう」

古川君は、和田君の弟の沈んだ声を聞いて言った。

「明日、橘の分も持って返しに行こう」

和田君は頷いた。

病院に着くと橘君のベッドは空だった。橘君の帰りを待っていると、ポケベルが鳴る音がした。ベッドの脇にある鞄から音がしている。嫌な予感に包まれつつ音源を探し出した和田君の弟は、その場に凍りついた。

メッセージは『三七一九四五九』

ふたりは橘君の承諾を後で取ることにして、早々にポケベルを返しに行った。その頃、橘君は撮ったレントゲンから偶然癌が発見されたことを知らされていた。若いために進行が早く、彼は翌年の春に亡くなった。

今年、社会人一年生となった和田君の弟は、入社した会社でポケベルを持たされましたと苦い顔になった。

「あれは不幸を呼んだんでしょうか、それとも知らせたんでしょうかね」

一万円のナナハン

事故車の噂は枚挙にいとまがないが、実際に買った、乗ったという人は少ない。

そんな希少価値的人物のひとりが羽賀さんだ。

「すながぁ。俺、事故車買ったぜ」

大学時代の先輩である羽賀さんは、当時、好きだった女の子にフラれ、荒れていた。

「そうすかぁ、凄いっすねえ」

須永君は内心ドキドキしながら、この蛮行に興味をそそられていた。

「どんな奴ですか？」

「詳しくはわかんないんだけど……」

羽賀さんの話によると——。

彼は四国出身で、今は都内の中野にある叔父夫婦の家に間借りをしていた。

もとよりバイクが趣味だったせいで、近所にあるバイクショップのオヤジさんとは、すっかり仲良しになっていた。

ある日、この店の前を通ると、ピカピカに磨かれた一台のナナハンが出してある。折しも店のオヤジさんは、黄色い短冊に赤マジックで値段を書き込んでいるところだ。

「あれ？　これ、ひょっとして○が足りないんじゃない？」

一○○○○円。

そう書き込まれたのを見て、羽賀さんが訊ねると、オヤジさんはどういうわけかキャップのツバを下ろしながら「いいんだよ」と立ち上がった。

走行メーターを見ても、たったの三千キロ。

「どうしてよ？」

羽賀さんはまた訊ねた。

するとオヤジさんが言うには、このナナハンは、業者に買い取られるたびに、何故かしばらくすると売り返されてくるという奇妙な商品らしい。すでに一年ばかり前から、中古業者のオークションを廻りに廻っていた物らしく、オヤジさんは他の業者から義理で押しつけられたのだという。

「そんなら、俺が買うよ」

「よしなよ」

オヤジさんは止めたが、彼は下宿から金を掴んでくると、その場でこのバイクを衝動買いしてしまった。

須永君はそのバイクを、一度だけ見たことがある。

「これだよ」

大学で出会ったとき、羽賀さんは校内の駐車場に停めてあるバイクを見せてくれた。

彼はバイクに詳しくはないが、それは確かに、新車同然の光を放っていたという記憶がある。

「事故車って……どんな事故だったんですか？」

「今、調べてもらってる。けど、きっとジンシンだよ、ジンシン」

「へ？」

「俺はこれを闇の力で手に入れたんだ。もう、どんな女でも怖かねえぜ！」

そう言うと、羽賀さんは駐車場で高らかに笑った。

五月の連休を挟んで、どういうわけか羽賀さんの姿をしばらく見ない日が続いた。

そんな彼が、もともと血色の良くない顔をさらに蒼くして、大学にふらっと現れたのは、もう六月にもなろうかという、ある日のことだ。

「売ったよ……」

羽賀さんは笑うような、泣くような顔をしていた。

「ふざけて買うような物じゃなかったんだ」

雨が降り始め、あたりが昏《くら》くなったのと同時に、羽賀さんは須永君たち後輩を大学の教室に集めて話し始めた。

五月の連休までは、なんの支障もなくツーリングをしていたという。

連休最後の日、バイクショップの仲間たちと箱根に行き、かなり遅くなってから下宿に帰ってきた。

「——なんだか、運転している最中から、肩を誰かにギュッと摑まれているように、痛くて痛くて……」

事故を起こすんじゃないかと、気が気でなかったそうだ。

しかし、幸運なことに、ツーリング仲間は誰も事故に遭わなかった。羽賀さんの肩の痛みは、風呂に入る頃にはすっかり消えていた。

「とにかく、クッタクタだったんで、すぐに寝たんだ」

羽賀さんの部屋は、一階のガレージに面していた。叔父さんたちは二階の寝室で休むので、一階はいつも彼ひとりということになっている。

「蜂が飛んでいるような音で、目が覚めたんだ……」

今から考えると、おかしな話だという。くたくたに疲れていたにもかかわらず、妙に頭が冴えきった感じで目を覚ましたらしい。

「だって、俺。寝起きは悪いんだぜ」

真っ暗な部屋で目を開けると、時計は二時十四分を差していた。

ふと、窓を見た。

すると、ガラスが妙に光っていた。

ガラスの向こうはガレージで、叔父さんの車と羽賀さんのバイクが並べて置いてある。

不思議に思った羽賀さんは、布団から抜け出して立ち上がり、窓際に歩み寄った。

目の前に叔父さんの白い乗用車がある。

その向こうで光を放っているのは、まぎれもない、羽賀さんのナナハンだった。

一瞬燃えているのかと思ったらしい。

光は青く、冷たい色をしていて、ハンドルからタイヤにかけて、その前面のみがぼうっと輝いていた。

「どうなってんだか……」

ガレージに行って確かめようと、振り返った途端、羽賀さんはぎょっとなった。

今、彼が抜け出したばかりの布団が、まるで巨大な雑巾のようにねじり、絞られている！

羽賀さんが自分でそんなことをした覚えもない。コロネというねじったような形をした菓子パンがあるが、まさに布団は巨大なコロネのように見えた。

驚いた彼が立ち尽くしていると、今まで闇にまぎれて見えなかった『何か』が、布団の周囲を徘徊しているのに気づいた。目を凝らしてみると、それは一メートル足らずの小さな物だ。

それは――羽賀さんの言葉によれば――ピョコタン、ピョコタンといった感じで、子供がふたり、まるで踊るような格好で、奇妙にねじれた布団の周囲を回っていたのである。

その子供たちのしぐさをよく見ると、ふたりとも手足が途中で折れているかのように曲がり、ブラブラしている。その自由の利かない脚で歩くふたりの顔は、皮が半分剝げていた。そして頭の髪の毛は乾いた血でカチカチに固まり、ところどころまとまった髪の毛がウニの刺のように尖っていたのだ。

羽賀さんは一目散に部屋を飛び出した。

そして深夜にもかかわらず、件《くだん》のバイクショップの戸を叩いた。

やがて姿を現したショップのオヤジさんは、羽賀さんの報告を笑わずに聞き、黙って頷いた。

翌朝、オヤジさんはこう教えてくれた。

「前の持ち主、な。どうやら幼稚園児の集団の中に突っ込んじまったらしいよ」

蝶のバス

この手の取材をしていると、圧倒的に多いのが、中学高校のいわゆる成長期に『霊感』のピークを迎えたという人である。

現在でも力はあるが、かなり弱っていると苦笑する人も少なくなかった。

次に紹介するのは、この中でも一風変わった経験をした徳田君の話である。

徳田君は、よほど子供らしくない人だった。

小学生のくせに約束はきちんと守り、時間には遅れず、部屋の中は大人のようにいつも整頓されていた。しかも、頭が良いということになれば、これは非の打ちどころがない。

いつもゾロッペェだった私なんぞが彼と一緒にいると、大人はまるで私を落語の与太郎のように扱ったものだ。

ところが彼と私はボーイスカウトで一緒だったためか、三つも年が離れているわりには、よく遊んでもらった憶えがある。

そんな彼が、一度だけ子供らしい慌てぶりを見せながら語ってくれたことがあった。

中学三年になると、徳田君は大学の附属高校を狙うために猛勉強を開始した。もともと頭の良い人だったので、中三の夏から予備校に通いだしても周囲に一歩も引けを取らない驀進《ばくしん》ぶりで、ぐんぐんと上位のクラスへ昇っていった。

そして、いよいよ受験勉強の要とも言うべき、『マラソン模試』が連続して行われることになった。徳田君は一週間ぶっ続けで行われるこの模試に、文字通り心血を注いでいたらしい。

「まいったよ」

そんな徳田君が初めて見せる弱気な顔に、私は戸惑っていた。

「どうしたんですか？（私はいつも彼には敬語を使った）」

「いや、ヘンな感じでさ……」

マラソン模試が終わったと聞いて、遊んでもらえると期待していた私は、妙に沈んでいる徳田君を前にして、かける言葉がなかった。

「平山、笑うなよ」

徳田君は、何かをフッ切るように顔を上げた。

彼は、マラソン模試の最後になるS模試を受ける日曜日、どういうわけか寝坊してしまったのだという。

念のためにと目覚ましをいくつか用意していたにもかかわらず、部屋中の時計が起きるべき時間にまったく鳴らなかったのである。そんな話かと私は思ったが、なんと続きがあった。本当の話はそれからだった。

徳田君はともかく急いで支度をすると、慌てて家から飛び出した。

今はどうかわからないが、当時といえば昭和五十年代前半だ。そんな時代の中学生に、タクシーを使って試験会場に駆けつけるなどという勇気はなく、彼はひたすらバス停に立ち、青い車体のバスがやってくるのをジリジリとしながら待っていた。

すると、バスがやってきた。

驚いたことに、車体の色は金色だった。

見たこともない不思議な色合いのバスだったが、それは徳田君の立つバスの停留所に近づいてくると減速し、乗車口をしゅっと開いた。

余裕がなかったためもあって、徳田君は躊躇なくバスに乗り込んだ。

きっとこれは川崎駅へ向かうはずだ。

運転席に近い座席に座った徳田君は、ともあれ安心した。そして鞄から参考書を取り出そうとしたとき、不意に車内の様子が何かヘンだと気づいた。バスはその車体自体、金色をしていたが、よく見れば、車内の色合いもおかしい。

「なんだか、全体的に茶色に金を混ぜたような感じの色なんだ」

徳田君はそう言った。

不安に駆られた彼は、ゆっくりと肩越しに振り返った。

すると、乗っているのは全員老人ばかりで、みんな『ゲッソリ痩せていた』のである。

しかも、外の景色を見ようとしたが、それぞれの窓のガラスに塗り込むように描いてある奇妙な模様のせいで、まったく見ることができない。

それは蝶の模様だった。

無数の蝶がひしめきあうような絵が、描かれていた。

そして、車内の座席全部が埋まるほど老人が座っているのに、バスの中はひそひそ声もしわぶきも聞こえず、ただ床下から聞こえるエンジンの低い音だけが響いていた。

さすがに異常を感じた徳田君は、自分がここにいるべきでないと悟った。

とっさに停止のボタンを押したそのとき、

窓の『絵』が一斉にゆらゆらと揺れ動いた。

あっと顔を上げると、車内の窓という窓に描かれていたはずの無数の蝶が、羽根を動かしている。

突然、バスが停止した。

徳田君は鞄を小脇に抱えると、転がるようにバスを降りた。ちょうどそこは、川崎駅の真ん前だった。何事もなかったように去っていく金色のバスを呆然と見送ってから、ふと顔を上げた。

街は夕焼けに彩られていた。

駅の時計は、午後五時になろうかというところを差していた。

彼が家を出たのは、午前十時過ぎだった。十時半から開始される試験に間に合おうと必死になっていたはずだ。そして、彼が乗った停車場からこの駅までは、通常なら十五分の距離のはずだった。

しょげ返って家に戻ると、徳田君は母親に試験を受けられなかったと報告した。その理由をばかばかしいと思いながらも、ありのまま告げた。

「ずっと乗ってなくて良かったね」

彼の母親はそう言って笑った。

「まるで、母さんは知ってたみたいだった」

その後、彼の口から二度と不思議なバスの話は出なかった。

居候

三年前、練馬に住んでいたイラストレーターの立岡君に、こんなことがあった。

その頃、彼のアパートの近くで、『道路工事』が始まった。

緊急のガス管交換作業だったらしい。

ところが、工事は昼夜を分かたず続き、事務所で仕事をして深夜帰宅しても、道路は煌々《こうこう》と照明で照らされ、遠慮会釈のないドリルの音が住宅地に響いている。連日のように彼の安眠は妨害された。

工期は二週間となっていた。

作業自体は急ピッチで進められてはいたが、埋設された管の掘り出しに思ったよりも時間がかかっているらしい。一度、立岡君は通りがかりに「うるさくて眠れない」といった苦情を、現場の監督らしき人に訴えたが、「お知らせはまわっているはずですよ」と、にべもない。

立岡君は仕方なく、二週間の工期が終わってくれるのを待ち、我慢することにした。

それからしばらく事務所で徹夜続きの仕事があった。毎日のように朝に帰宅してはベッドに倒れ込むことが続き、ようやくその仕事から解放される日が来た。

同僚と打ち上げをしてから帰宅した彼は、まだ宵の口だというのにベッドに滑り込むと、たちまちのうちに熟睡してしまった。いつもなら、工事の騒音のために耳栓をして寝るのだが、その晩に限って死んだように眠ってしまった。

真夜中。

不意に彼は『ある気配』を感じて、目を覚ました。

すると、電気を消したはずの室内が明るい。

何だろうと思っていると、耳障りなザーッという音が聞こえているのに気づいた。

それは消し忘れたテレビの音だった。

振り返ってみて、驚いた。

この部屋には、彼ひとりしかいないはずだ。

ところが、人がいた。

その人間はテレビの前に座り込んだままこちらに背中を向けて、何も映っていない『砂嵐』のブラウン管にじっと見入っているのである。

(強盗だ――!)

そう思った途端、立岡君は身体が動かなくなった。

自分は素手である。格闘技の心得もない彼には、なすすべがない。結局、手をこまねいてじっとしていたら、いつの間にかまた眠ってしまっていた。

窓も扉も、鍵は全部内側から掛けてあったはずだ。

他人がずけずけと上がってこられるはずはなかった。

ところが、室内は別段、荒らされた様子もなく、また盗まれた物もない。警察に言おうかとも思ったが、その前に誰かに相談しようと、同僚に事情を話してみた。

結果は、彼の『飲み過ぎ』ということにされてしまった。

誰に言っても同じ答えである。

立岡君もハッキリと相手を確認できなかったため、駅前のスポーツ用品店で金属バットを購入し、施錠を厳重にチェックするということで、次の晩も様子を見ることにした。

ベッドに入ってから、しばらくすると睡魔が襲ってきて、彼は寝てしまった。

そして、再び真夜中に目を覚ますのである。

男は、いた。

ただ、今回は気づかれないよう、相手の風体を確認した。

消したはずのテレビはまた点けられていて、白く輝くブラウン管は番組終了後の砂嵐状態だった。その光の前で逆光になった人影は、確かに『男』に見えた。しかし、服は着ていなかったのである。

そいつは半裸だった。

立岡君の話では、男は筋肉質の身体に、軽い布のような物を一枚着けたきりだったという。そしてテレビの前でうなだれているような恰好で、こちらに背を向けていた。

すると、男の顔が上がった。

背中を見せているので顔は見えなかったが、男の頭にははっきりと『角』があった。

「二本。こういう具合にさ」

それを話すとき、立岡君は自分の頭の上にふたつ指を立てて見せた。

じっと角のある男の後ろ姿を見ていた立岡君は、混乱したためか、ふと視線を反らして壁に向き直った。ベッドの上で自分が動いたことを、そいつは知ったようだ。

なぜならそいつは、今まで聞いたこともない低い声で笑ったからだった。

悪戯を見つかった子供のそれのような、くぐもった笑い声だったという。

その後も『そいつ』は部屋に出現した。真夜中にテレビの前に座っているのである。

立岡君は夢うつつの中で、しばしばその姿を見ている。が、なぜか道路工事が終わると同時にふっつりと姿を見せなくなった。

何だったんだろうと思った彼は、工事のあった跡を歩いてみて、アッと声を上げた。

そこには膝小僧ぐらいの大きさの『ほこら』があったのである。

土台には、工事中に移動してあったことを示すタールが付着しており、その背面には『鬼』の姿を彫った痕が、かろうじて残っていた。

立岡君はそこに花と団子を供えた。

以来、彼が引っ越すまで、部屋には二度と異変は起こらなかった。

壁の声

女子大生の加賀山さんが、護国寺にあるワンルーム・マンションにいたときの話。

前のマンションから引っ越すときに古い家具を大量に処分してしまった彼女は、流行《はやり》のフリーマーケットで新しい家具を揃えようと思い、原宿に向かった。

会場いっぱいにごった返す人の群れをかき分けながら進むと、一棹のチェストが目に留まった。三段の引き出しがついたそのチェストは藤で編まれた物で、それを見た彼女はひと目で気に入ってしまった。

「おくらですか?」

声をかけると、売り手の若い女の子は一万円だという。

フリーマーケットで売るにしては高いと思ったが、全体にくまなく施してある細かい模様についつい惹かれて、値切った挙げ句、九千円で手を打った。

「これ、あなたのだったの?」

何気なく訊いてみると、

「いえ、父のアパートに住んでいた人が残していった物です」

女の子はそう答えた。

持ち回りだ……。

彼女は何となくいやな気がしたが、そのチェストをレンタカーに詰め込んだ。

部屋にチェストを置き、下着や細々した物をしまい込んでみると、思いの外、部屋の雰囲気に合っている。その上に花も飾ってみた。

良い買い物ができた、加賀山さんはそう思って喜んだ。


さて、新居に引っ越してきてから、一週間目のことだ。

深夜、彼女は妙な物音に目を覚ました。

壁を殴るような音だった。

チェストの上の花瓶の花が揺れていた。

誰かが隣の部屋から壁を殴りつけているらしい。

怖くなって声も出せずにいると、音はふっと止み、かわってブツブツと呟くような声が聞こえてきた。それは何人かの声のように思えたが、ハッキリとは聞き取れない。ただ、たまに「お〜い」と呼ぶような声が混じっていたような気がしたという。

翌日、彼女は部屋を紹介してくれた不動産屋に飛び込み、大家さんに隣の人を注意してくれるように頼んでくれないかと告げた。

それからも、音はしばしば聞こえた。

一週間の間に、聞こえる回数は三回ほどあった。

しかし不思議なことに、昼間の雰囲気では、隣の部屋は人の気配が途絶えているように静かなのだ。夜でも、彼女が帰宅する時間帯に窓に電気が点いていることはなかった。

「そんなはずはないんですよ」

やってきた大家さんは、困惑した顔でそう言った。

加賀山さんは、自分が嘘をついていると言われたような気がして、「本当なんです」と声を荒げた。すると、大家さんは仕方ないという様子で頷き、渋々こう言った。

「お嬢さん。隣には人が住んでいないんです」

「そんなはずないわ」

「実を申しますとね。あそこには、あるQ2回線の転送装置があるだけなんですよ。隣の方はもう五年も契約なさっているんですが、一度もあそこに泊まられたことはないはずです」

どんなふうに部屋を使おうとお客さんの勝手ですから、と大家さんは付け加えた。

二日後の真夜中、再び壁が鳴った。

彼女はベッドから起き上がると、そっと壁に近づいてみた。

すると、壁を殴る音は数回で消え、続いて、あのブツブツと話すような声が聞こえてきた。

彼女は壁に耳を当てようとして、ふと声が自分の腰のあたりから聞こえてくるのに気づいた。虚を突かれた彼女は、後退ると、壁際に置いたあのチェストをまじまじと見つめた。声はハッキリと、チェストの中から聞こえてきていた。

彼女はチェストに近づくと、いちばん上の引き出しを開けた。

すると、そこには下着の代わりに、五、六人の首がいっぱいに詰まっていた。首は揃って彼女を見上げると、いっせいに話しかけてきたのである。

加賀山さんはその場で失神した。

翌日、彼女はチェストを処分しようと大学の友達を集めた。

素直に事情を話すと、みんなそのチェストを薄気味悪そうに眺め、「棄てよう」と言った。しかし、加賀山さんは「棄てると自分のところで止まるような気がする」と反対したのである。

結局、友達の倉庫に二週間保管して貰ったあとで、彼女はそのチェストをフリーマーケットで売った。

買ったのは、新婚だという男性だった。

売値は六千円。

加賀山さんは「ごめんなさい」と言っている。

パチンコ

勝負の場には、様々な念が宿るという。古くは賭場《とば》がそうであったように、現代でも競輪・競馬など多くの『場』がある。

賭けのプロの話によると、完全にコントロールされた賭事では、胴元が必ず勝つ仕組みになっている。そのための相場が二割三分。これを下がっても上がってもいけないという。どういう意味かというと、これが客の勝つ範囲なのである。少な過ぎれば客は逃げるし、多過ぎれば胴元がコロぶ。

客は勝っても、所詮はこの『仏の手のひら』から逃れることは難しい。

様々な人間の『念』を吸収する賭場では、念が生む事故や災害を防ぐために『神事』を欠かさない。

『パチンコ』も、そうあるべきなのだ。

東京駅から電車で五分ほどのとある駅前のパチンコ屋に、友達の小倉が勤めていた。

「今度、行くから出る台教えろよ」

すると彼は笑って首を振る。

「けち」

と言うと、

「俺たちにゃ判らない」

と言う。釘は店員すべてが帰った後、店長がひとりで調整するのだという。

彼の店が出来たのは昭和の四十年の終わり、もう二十年は続いている。

その店に『万年止め』と言われている台がある。

どういう経緯でそうなったのかは知れないが、その台だけは新装開店のときでも『シメ』て玉を出さなくしてある。

彼も入店して四カ月ぐらいまでは、その台に『スタート』札を差してあるのを見たことがなかった。

台の番号は三六九番。

そんなある日、先輩からその台の因縁を聞いた。

「あそこの台は死神さんのもんやねん。だから誰か他人が座って大勝ちすると叱られんねん」

先輩は嘘か真か、はっきりしない表情でそう語った。


年末のかきいれ時期に、近所の大学に通う学生がその台に座った。週に何度かは必ず顔を出す学生で、口べたなのか店員の誰とも口をきいているのを見たことはなかった。しばらくするうちに学生の台がフィーバーを始めた。小倉はスタート札を掛けにいくと同時に、先輩にフィーバーが出たことを告げにいった。すると、防犯カメラのある部屋から店長が出てきて、その客を苦々しい顔で見つめると再び、部屋へ戻っていった。

「もう来《こ》んな、アイツ」

先輩がポツリと口にした通り、その青年は二度と姿を見せなかった。


そのうちに小倉は付き合っていた彼女と結婚するのを契機に、パチンコ屋を辞めることになった。最後の日に再び、フィーバーを目撃する。

そのときの客は知っていた。店のすぐ脇を入った『立ち食いそば屋』の店員だった。

「あいつ、出すんじゃねぇだろうなぁ」

先輩の言葉が終わるか終わらないかのうちに、フィーバーが始まった。大当たりだ。

先輩との間に緊張が走る。休憩中に入ったような薄汚れた調理服の店員は、三箱ほど出すと帰っていった。

夕方、店の前を掃除していると救急車が近づいてきた。小倉が見にいくと、『立ち食いそば屋』から、あの店員がグッタリして担架に乗せられて出てきた。

「どうしたんですか」

救急車が行った後で、顔見知りの店主に訊ねると、店主は顔をしかめて言った。

「そばで滑りやがった」

店員は仕込みの最中、使い終わった『麺の空き箱』をかなりの数担いで裏に回ろうとして、床に落ちていた『そばの塊《かたまり》』を踏んで転倒したのだ。

頭をコンクリートのたたきに打ちつけたのだが、三十分くらい仕事をしていて「疲れる」と言って座りこんだまま、動けなくなってしまったらしい。

結局、店員は死んだ。外傷性脳内出血だった。

「死神がいるんですかね」

「馬鹿なことを言うな」

小倉の言葉を聞きつけて、店長が叱り飛ばした。なぜか、小倉が辞めるときに店長は退職金を出してくれた。

「あそこはミロク（三六九）さんの席なんだよ」

先日の言葉を思い出してか店長はそんなことを言った。

確かに番号はそうである。

赤い卵

あの怪異が起こるまで、清水さんは母親が『それ』を買ってきたと思っていた。

母親は清水さんが買ってきた物だと思っていた。

それは、アンティーク・ドールといえば誰もが思い浮かべるような、ありふれた姿をしていた。

白いドレスとブロンドの髪の毛がひときわ美しく、年代も古いというよりも気品を際立たせるものだった。まだ高校生だった清水さんは、それを自分の部屋の出窓に腰掛けさせるように飾っておいた。

もともと、霊感の強い清水さんが以前にも増して『金縛り』に遭うようになるのは、この直後からだ。彼女の金縛りは髪の毛がブワッと逆立つような気配で始まる。ブワッとくると、その後は硬直してしまうのである。

その晩もブワッときた。

アッと思う間もなく、身体が動かなくなってしまった。しかし、彼女は目だけは開けることができた。すると彼女の左側に何か布のようなものが浮かんでいるのが見えた。

なんだろうと思っていると、それはヒラヒラと舞いながら出窓のアンティーク・ドールにぶつかった。ぶつかると消えるが、しばらくするとまた闇の中から布が登場してヒラヒラと舞う。舞いながら人形へぶつかっていったのである。

何度か繰り返されると清水さんには布の正体が判った。

人形の服であった。

人形の服が、まるで自分を着て貰おうとするかのようにヒラヒラと舞い、そして人形の身体に体当たりするとむなしく消える。この行為が繰り返されているのである。

そのときは怖いと感じなかったので、彼女は目をつぶりそのまま眠りに落ちた。

翌日は身体中がダルくて、どうしようもなかった。駅の階段を上るのも辛く、手すりを摑んで一歩一歩、踏みしめるようにして歩いた。

学校に着くと今度は寒気に襲われ、とうとう保健室で休むようになってしまった。

束の間、ウトウトしかけると誰かが清水さんの脚を摑んでいるのに気づいた。身体を起こそうとしても動かない。そのまま脚を三十センチほど引かれた。壁であった。

引かれた方向には壁があるにもかかわらず、脚はグイッと引かれていってしまう。彼女は金縛りを解こうと懸命に身体を動かし続けた。我に返ると保健室のベッドで起き上がっていた。

薄気味悪くなった清水さんは早退したいと担任に告げて、そのまま学校を出た。清水さんは家に帰るとドッと熱が出て寝込んでしまった。

そして、そのまま夜中まで寝てしまったのである。

深夜、髪がブワッときた。

「やだ」と思ってもどうにもならなかった。頭が薬でボンヤリしていたが、部屋の様子はよく判った。

すると彼女の右側にある出窓に、女性がひとりこちらに背を向けて立っているのに気づいた。長い髪の『その人』は白の薄いワンピースを着ていた。

顔はよく判らなかったが、手をフラフラと宙にさまよわせたり壁の下のあたりをかがんでなぞったりしていた。

清水さんは女性が何をしているのか、すぐに判ったという。

彼女は人形を探しているのだ。

すぐそばにある人形が判らないのか、彼女はなかなか人形を摑まえられなかった。そのとき、外から入ってくる光が女の顔を照らした。

顔が、なかった。

正確には、目が潰れ鼻と唇がそがれて、まるで赤い卵のようだった。よくよく見れば耳もないようだ。

清水さんは、そのまま気を失ってしまった。

それまで人形の出所など深く考えたこともなかった清水さんは、朝になってから母親に訊ねた。

「おかあさん、あの人形どこで買ってきたの?」

「あんたが買ってきたんじゃなかったの?」

清水さんが昨晩のできごとを包み隠さず話すと、母親は謎が解けたと言わんばかりに嘆息して呟いた。

「やっぱりね。あんたが出てったはずなのに二階をドンドン歩く音がするのよ」

ふたりは、人形を知り合いの占い師のところへ持って行くことに決めた。

放課後、母親と待ち合わせて人形を詰めた箱を片手に占い師の先生のところへ行くと、ひと目見るなり清水さんたちを叱りつけた。

「こんな物を持ってちゃいかん!」

先生は『印』を結ぶと人形の背中にナイフを当て服ごと人形の背中を裂いた。

すると、そこから白い布に包まれた小片が出てきた。

それは茶色く縮れていたが、人間の耳に間違いなかった。

「死ぬところだったぞ」

先生は震えているふたりにポツリと言って供養を始めた。

清水さんは、今でもリアルな人形は苦手だという。

小包

思いがけない『届け物』が着くというのも、なかなか嬉しいものではある。だが、それも時と場合によるようである。

功刀《くぬぎ》君のお姉さんは、一時期ひとりで暮らしていたことがある。

彼女が大学の二年のときのことである。翌年にフランスへの留学を控えていたので、ひとり暮らしの訓練をしたいという気持ちのあったお姉さんは、積極的に動いて話を進め、心配する両親を半ば強引に押しきってしまった。

梅雨をやり過ごしてから引っ越しということになり、夏休みの頃にはすべてが片付いた。

そして一連の事件が始まったのは、九月に入って後期の授業が軌道に乗ってきた頃のことだった。

「お届け物だよ」

隣のおばさんが顔を出した。お姉さんは礼を言うとその小包を受け取った。

差出人は横浜の『オバタススム』となっていたが、彼女に『オバタ』という名前の心当たりはなかった。間違いかと思って、宛名を見ると確かに自分の名前になっている。住所も正しい。

彼女は三十センチほどの長方形のその箱を振ってみた。音はしなかったが見かけより軽い。箱を包む紙はデパートの包装紙などではなく、カレンダーを貼り合わせたようなものになっていた。

とりあえず、開けてみることにした。

中には白い和紙がたくさん詰め込まれ、何か黒い物があった。髪の毛であった。黒い髪がひと房、投げ込まれていた。

ゾッとした彼女は、それを手早くしまうとゴミ箱に突っ込んだ。

「なんだっていうのよ……」

彼女は考えられるだけの可能性を思い浮かべた。

しかし、彼女の友達に髪の毛を送ってくるような人間はいない。

結局、その日は何の解決もなかった。また、親に心配をかけたくないという気持ちもあって、報告はしなかった。

彼女は包装紙を拾い上げ、そこに書かれている『送り状』を見た。

『オバタススム』

過去、現在を通じて、やはり思い当たる人間はいなかった。


二日後、またしても小包が届いた。

今度も送り主は『オバタススム』だった。

お姉さんは蓋も開けずに箱を小脇に抱え、友達の家に急いだ。

彼女は高校時代の同級生にだけは、そのことを話していた。

「本当だ」

同級生は気味悪そうに箱を見た。

お姉さんは用意したゴム手袋をすると包装を解き始めた。

箱は、やはり軽かった。

蓋を開けると同級生がまず声をあげた。

「何これ」

今度は真っ赤な紙が敷いてあり、中には髪、そして妙な形の油紙のような物が入っていた。正体を確かめようとお姉さんが指で広げた瞬間、同級生が悲鳴をあげた。

「顔の皮だよ、それ！」

それはお姉さんの手の中でクルッと丸まったが、口と目の穴が開いているのはハッキリと判った。

ふたりは相談して、箱を警察に持って行くことにした。

交番のおまわりさんはふたりに同情的で、もっと詳しく調べたほうがいいからと署にいる刑事を紹介してくれた。

やってきた刑事はお姉さんから熱心に事情聴取を行い、手紙や無言電話の有無を確認し、最近電車でへんな視線を投げかけてくる者がいないかなどを訊ねた。

聴取は二時間ほどかかった。箱は証拠物件として警察に保管された。

「鍵はしっかりと掛けてください。できればハッキリしたことが判るまで実家に戻ることを勧めます」

刑事はそう言って帰ったが、お姉さんは両親に報告する決心がまだつかなかった。

翌日、刑事から電話があった。

『オバタスムの住所を調べてきました』

「どこだったんですか」

『墓です。霊園の住所でした。電話番号もね』

お姉さんは、再び気をつけるようにと念を押された。

小包は、それで終わったわけではなかった。

それからも頻繁に届いた。警察も調べてくれたのだが、その都度、発送場所が変わるので特定ができなかった。

ただ相手の送ってくる品物は変わってきた。髪や皮膚だけではなく、丸められたティッシュ、血のついた絆創膏、そして毎回必ず歯が入っていた。

彼女は両親に話す前に引っ越しをすることに決めた。

両親には周りの環境が良くないということで納得してもらい、彼女は定期預金を解約したお金で引っ越しをした。

引っ越し荷物をすべて新居に運び込んだ夜、手伝ってくれた友達数人で話していると外にビールを買いに行った男友達が三十センチほどの小包を持って戻ってきた。

「これ、ドアの前に置いてあった」

彼女は悲鳴をあげた。

小包はお姉さんが自宅に戻った後も続き、結局、翌年に留学するまで続いた。その間に届けられた物は、髪の毛二キロ、爪皮三百グラム、永久歯二十五本にもなった。警察の検査の結果ではすべてが同一人物の物であり、死人の物ではないということである。

彼女はいまだに『オバタススム』という名前には心当たりがないという。

燃えた自動販売機

私の知り合いに自動販売機の設置をしている富田君がいる。

彼はこう切りだした。

「つい、この間のことなんですけれど……」

今や自動販売機の活躍の場所は町から建設現場へと移ってきている。なんでもある町よりも閉鎖された建設現場のほうがニーズも高く、売り上げも良い。それ故に、各社とも熾烈な営業合戦を展開している。

その現場は調布にあり、工場用の敷地は一万平方メートルはあった。営業マンが半年追い続け、やっと取れたというのが頷ける場所だった。

富田君は先輩と共に『故障なし、新品機』と作業書に赤く書き込まれた営業マンの注文通りの最新機を、整地の終わった土の上に設置して帰ってきた。

営業が怒鳴りこんできたのは、設置して三日目のことだった。

課長が富田君を呼んだ。

「おまえ、どんな機械を持ってった」

富田君は自分が梱包を外した新品機を持っていったと告げた。

すると営業マンが食ってかかるような勢いで叫んだ。

「もう、故障したんだよ！」

「どっちですか？」

機械は二台。両方とも新品機だったが、一台は作業事務所のプレハブの下に、もう一台は入り口近くに設置してあった。

「事務所のほうだ」

富田君は先輩とともに修理に行った。機械の正面はすでに地下足袋で何度も蹴られた跡がついていた。雑巾で汚れを拭いていると先輩が言った。

「どこも壊れてねぇよ」

しかし翌日、機械は冷却が働かなかったために中で炭酸物が破裂してしまった。

配送から連絡を受けた富田君らは、再び新品の機械を積んで交換してきた。

機械が転倒していると連絡が入ったのは翌週のことだった。

「変ですね」

黙って運転している先輩に富田君は言った。

通常、足場の悪い工事現場では、機械を直接、地面に置くことはない。何かの拍子で地盤が緩んだりすると大変なことになるからだ。そのため、水平を取った地面の上にベニヤを張り、大きなコンクリートの板を敷き、その上に機械を設置する。設置するときは機械の脚の部分を、コンクリートにあらかじめ埋め込んであるボルトと直結させ、固定してしまうのである。

「水平は取りましたよ」

不愉快そうな先輩の顔をうかがいながら、彼はそう言った。

転倒はしていたが、事情が少し違っていた。セメント板からボルトが引きちぎられていた。普通の転倒では考えられない。セメント板と機械の床の間に物凄い力が働き、抜けたようだ。セメント板ごと倒すより遥かに強力な力がかけられている。

「所長が呼んでるよ」

作業員に告げられたとき、彼は『引き上げ』の覚悟を決めた。これだけトラブルが起こったのだから言い訳はできなかった。先輩の顔が青ざめているのが判った。

しかし、所長は気味が悪いほど穏便だった。

「危なくないようにね」

その日の昼。弁当を食べていると、先輩は富田君に話しかけてきた。

「おまえ、気がついたか」

「なんですか」

「あそこに入ってる業者は全部、俺たちみたいに遠くの人間ばかりだ。地元がいねぇんだよ」

そう言われてみれば、確かに。普通は近隣のパン屋や酒屋の機械があるのが当然だ。

「変ですね」

「今日、判ったんだが、あの現場のすぐ隣は墓だよ。たぶん、あの中にも一部入ってるんじゃないかな」

「やめてくださいよ」

笑って答えると先輩が真剣な顔を向けた。

「俺、あそこに機械を置くとき、小さな花瓶と積んであった石を捨てちまったんだよなぁ」

先輩はハンドルにオデコをつけた。

「なんだったんですか」

「わからんけど、セメントを平気でおっ欠いちゃうような奴だったのかなぁ」

夕方、早めに会社に戻った先輩と富田君は、地べたに座って話の続きをしていた。

仕事の終わった仲間が、近くでサッカーの真似ごとをして遊んでいた。

「何か祀ってあったのかなあ」

呟く先輩の膝頭にボールが転がってきた。

よう、と先輩は立ち上がり、ボールを仲間に蹴り返そうとした途端、ヘナヘナと座りこんだ。

「どうしたんですか？」

先輩は真っ青な顔をして、口もきけないでいる。

救急車で運ばれた先輩は『アキレス腱切断』と診断された。

翌日、機械が火を噴いて燃えたという連絡があった。

原因は、どういうわけか工事用の二〇〇ボルト電源が流れ込んだことによるものだった。事務所のコンピュータも一気に壊れてしまい、下手をすれば工期が遅れるほどの被害だったらしいと営業が話していた。

結局、機械は引き上げになった。

古株の先輩に話すと、こう言われた。

「現場の物はヘタに触ったり、拾ったりしちゃ駄目だよ」

シヅさんの布団

偶然に再会した同級生が妙な話をしてくれた。うちの近所の病院の話である。

繁田さんのお母さんは、少し前まで病院の付き添い婦をしていた。別に家計が苦しいわけでもなく、半分ボランティアというような気持ちで続けていたのだという。

彼女は紹介所から連絡があると、希望された病院の担当患者を任せられる。付き添い婦の中には賃金のことに細かい人もいるらしいが、繁田さんのお母さんは、そのあたりがいたって鷹揚で、あまりお金にこだわらずに仕事に打ち込んでいた。


シヅさんという老婆がいた。

彼女には毎日、見舞ってくれる嫁がいた。

八十近いシヅさんと五十に届こうかという母娘が仲良くしているのは繁田さんのお母さんの心を和ませるものだった。

「いいわねぇ。おばあちゃん」

しかし、繁田さんのお母さんが声をかけるたびに、シヅさんは苦い顔をした。

「いいことなんか、あるもんか」

「バチが当たるよ」

照れているんだと思った繁田さんはそう言って笑ったが、シヅさんはハーッと諦めたような溜め息をついた。

「あたしは、もう死ぬんだよ」

こういうやりとりは病疲《やまい》れの老人にはよくあることなので、繁田さんのお母さんが相手をせずにいると、シヅさんは突然泣き出した。

「怖いんだよ」

元はと言えば会話の糸口は自分でつけたものだから、放っておくわけにもいかない。そう思って、繁田さんのお母さんはシヅばあちゃんを慰めることにした。

しばらくしてシヅさんは不意に顔を上げた。

「言っときたいことがあるんだ」

ただならぬ雰囲気に繁田さんのお母さんも自然に力強く頷いていた。

シヅさんは布団のシーツを剝ぐと、中の布団を指した。

「これは、ここのじゃないんだよ」

シヅさんが言うには、現在シヅさんが寝ているのは見舞いに来ている嫁が、彼女の家からわざわざ運ばせた物だという。

「いいじゃない。慣れた布団で」

心温まる話ではないか。繁田さんのお母さんが嫁の心遣いに感心していると、シヅさんは大きくかぶりをふった。

「冗談じゃない。これは私のだんなが死んだとき、通夜に使った布団だよ。屍体を包んだ物なんだ」

繁田さんのお母さんは、金糸の入った布団の表面を眺めた。

シヅさんと嫁はもともとウマが合わなかったそうである。結婚してからも近くに住む長男がなかなか顔を出さなかったのは、嫁のほうでもシヅさんを嫌っていたからだろうと彼女は思っていた。

シヅさんの夫が癌で死んだときに、シヅさんはどういうわけか妙なイタズラを思いたった。

納骨が済み、家に戻った夜、彼女は嫁に『お父さんの布団』を使わせたのである。

「なんで、そんな馬鹿なことをしたんだか……きっと頭が動転してたんだ」

シヅさんは後悔していた。

翌日、青ざめた顔で嫁が訊ねた。

「お母さん。金糸の布団は二組あったんですよね」

「いいえ、うちには金糸はひとつだけ」

シヅさんの返事を受けた嫁は、あまりのショックからか二ヵ月後におなかの子を流産してしまった。

繁田さんのお母さんは話を聞きながら、どうして良いのか判らなくなってしまった。

それからというもの、シヅさんの病室を覗くのをなんとなく避けるようになった。たまに廊下で嫁さんとも出会ったが、自分の顔がぎこちなく強ばるのを、どうすることもできなかった。


シヅさんは、その二ヵ月後に亡くなる。

すると今度は代わりに嫁さんが入院してきた。

しばらくすると嫁さんの奇行が噂になって繁田さんのお母さんの耳にも届いた。

「夜中に、部屋の隅に向かってゴメンナサイゴメンナサイって泣きながら謝っているの。いったい、どうしたのかしら」

嫁さんは一カ月後に、入院した理由の病気とはまったく関係のない脳溢血《のういっけつ》で、アッサリ亡くなってしまった。

繁田さんのお母さんが付き添い婦を辞めるまでに、担当していた三人の方が亡くなった。不思議なことに三人とも入院したときは大した病気ではないのに、容態が急変したり合併症を起こしたりして亡くなった。そのいずれもがシヅさんの布団を使っていたのである。

普通は病院の布団はレンタルの物を使う。だが、シヅさんの布団は仕立てが良かったのが災いしてか、続けて使用されることになってしまったらしい。

「本当は、人がその上で死んだ布団は捨てなきゃねぇ」

繁田さんのお母さんはそう呟くのだった。

シヅさんの布団は、もちろん今でも使われている。

ボールをつく子

川崎は昔、激しい町だった。

車がバンバン走り回り、交通事故は日常茶飯事という感じだった。

中学生になった頃、私は高木君とよく下校した。

その日、我々は禁止されている『おべった焼（もんじゃ）』を食べようと人目を避けて神社の脇の道から公道に向かっていた。

そこを通ると大通りに姿を晒さず、小さな路地沿いの『おべった屋』に滑り込めるのだった。

「早く行こうぜ」

高木君は肩掛け鞄のたすきの長さを調整しようとグズグズしている私をせかすと、公道に走り出た。

すると傍らを、砂利を満載したトラックが物凄い勢いで走り抜けていった。

「おー!」

驚愕した高木君が声を漏らすと同時に、ブレーキのいやな音が耳をつんざいた。

ぶつかった衝撃音は聞こえなかったが、続いて聞こえてきた女の悲鳴が『ただならぬ状態』を告げていた。

「わんおんわん」

それは叫んでいるのか話しているのかわからなかった。口の中でゴチャゴチャになったまま悲鳴をあげているという感じの声を、私はそのとき初めて聞いた。

高木君は硬直していた。

「どうしたの」

トラックが軒先ギリギリのところをかすめながら停車している。軽油とタイヤのゴムの焼ける臭いが路地を埋めていた。運転手は座席から動こうとはしなかった。

悲鳴をあげている女性は、何かを車輪の下から掘り出そうとでもするかのように下をのぞいたりタイヤの周りをグルグルと巡っていた。タイヤの下に布切れが落ちていた。

その時、私たちの死角にあった『もの』を、女性がタイヤの反対側から持ち上げた。

それは人形のようにグニャグニャになった幼い女の子の姿だった。ただ上半身はタイヤの下に、正確には頭部がタイヤの下に完全に潜り込んでしまっていた。

「いやぁぁ、いやあぁぁ」

絶叫を続ける女性は、少女の身体を抱こうとしているのだが、頭がはさまっていて抱けなかった。

すると、彼女はどう思ったのか少女の両足を握ると、タイヤに脚を掛けて『引き抜いて』しまった。ビチッという嫌な音が響くと彼女は少女の名を呼びながら胸に抱いた。

噴き出す血がみるみるうちに白いブラウスを染めていた。

そのとき、私たちは彼女と目が合ったのである。

何かを叫んで、彼女は私たちのほうへ駆け出してきた。

私と高木君は悲鳴をあげると、『おべった屋』の中に駆け込んだ。

私たちが入るのと同時に彼女も入ってきた。少女の身体を抱いたまま。

店内は大パニックになった。

「どうにかしてぇ、どうにかしてよぉぉ」

彼女は叫んでいた。

私と高木君は店を出るとそのまま、おのおの自分の家へ向かって勝手に走り去ってしまった。

翌日の新聞に事故の記事が載っていたと、話を聞いた母親が言っていた。

神社に子供の霊が出るという噂が立ったのは、三週間ぐらい経ってからだった。

私と高木君は『見てあげなければならないのではないか』と、妙な義務感を感じていた。

高木君の案で、夜十一時頃に、あそこに集まろうということになった。

私はマラソンをしてくると嘘を言って家を出た。高木君はおべった屋から少し離れたところにあるコインランドリーで待っていた。

私たちは、脇道から神社に向かった。

境内には誰もおらず、なんだか煙のようなものが立ち込めていた。

しばらく立ち尽くしていると、高木君がなにかに気づいた。

「……出た」

彼は本堂の周りを巡る外廊下を指さした。私は目を凝らしたが、霧だか煙だかがモヤモヤと立ち込めているようにしか見えなかった。

「出た！　ウワーッ！」

高木君が走り出したため、私も一緒になって逃げ出した。

幸か不幸か私はこれ以上の経験をしなかった。以下は高木君の身に起きたことである。

高木君は家に帰ると、すぐに布団を被って寝ようとした。彼の部屋は両親の寝室から少し離れたところにあった。怖かったが、中学生にもなって一緒に寝てくれなどとは言い出せるものではなかった。

彼は、いま見てきたものを心の中で反芻《はんすう》していた。

彼は外廊下に溢れる霧の中に『おかっぱの女の子』を見ていた。

恐怖に興奮する気持ちを抑え、早く寝てしまおうと彼は目をつぶった。


深夜、彼は妙な物音で目を覚ました。

それは遠くでポンポンとボールをつく音だったと彼は言う。

音は次第に近づき、しまいには彼の家の周りを巡るように響き始めた。

彼は身動きもできずに、ジッと音の行方だけを耳で追っていた。

すると『それ』はシーンと静まり返った家の中にまで聞こえ始めた。

高木君は目を閉じ、なにも見ないようにした。目を開ければなにが立っているかは想像できた。

ボールをつく音がする。

しかし、その音がもっとドスッドスッという重いものに変わっていることも判った。

ドスッドスッという重い音が部屋の中に響く。

そしてゴムの焼けた臭いがした。

高木君は布団を被ったまま息を止めていた。畳の上を何かが這いずるような音がする。

手から外れたのか、ドスッという音が突然止まり、こぼれたボールが転がってきて高木君の枕にぶつかった。

息を潜めていると部屋の中にいる『もの』がボールを探す気配がした。

こっちにくる！

高木君が思った瞬間、枕元にあったボールが呟いた。

「……あそぼ」

高木君は失神した。

後に、その路地には地蔵様が置かれた。

私たちは二度と神社の前を通ろうとしなかった。

福禄寿の話

坂本さんは男もたじろぐほどの大食いで、一回の食事で必ず四品以上は注文する女の子である。

彼女の両親ともに消費する米の量は月に四十キロ。ほとんど彼女がひとりで食べてしまう。

しかし、小柄な坂本さんは決して太っていない。「おいしいおいしい」と言いながら、しゃぶしゃぶ二五〇〇グラムを平気で平らげるが太らない。「不思議な体質だね」と言うと、こんな話をしてくれた。

高校生までの坂本さんは太っていたそうである。もっとも一日に一万カロリー近く食べるのだから、太らないほうがおかしいというものだ。そこで高校に上がった坂本さんは陸上部に入った。

理由はふたつ。将来、警察関係の仕事に就きたかったから持久力とスタミナをつけるため、そしてシェイプ・アップのためである。

しかし、彼女の高校の陸上部はハードな練習で有名なところで、日を追うにつれ練習のメニューは過酷さを増していった。

そんな頃、彼女は大腿部の骨を砕く大怪我をしてしまった。

何か特別な事故があったわけではない。ただ普通に走ろうとしたら折れてしまったのである。

即入院、粉砕骨折と診断された。だが、問題はそれだけではなかった。

身体の代謝機能が変調をきたし、心臓の不整脈から患部がチアノーゼ（酸素欠乏による血行障害）を起こし始めてしまったのである。

坂本さんは、そのまま意識不明の重態となってしまった。

医師は深刻な表情で坂本さんの両親に告げた。

「容態の変化いかんでは、どんなことになるか判らない」

ロビーでまんじりともせず待つうちに、坂本さんのお母さんは短い夢を見た。

家でテレビを見ていると異様に頭の長い老人がやってきてお母さんに訊ねた。

「どうするね」

お母さんは、その言葉にハッと娘のことを思い出し、夢中になって頼んだ。

「助けてください。お願いします」

「それは良いけど、分割にしてもらうよ」

老人はそう言って笑った。

そこでハッと目が覚めた。

すると医師と話をしていたお父さんが戻ってきて告げた。

「ヤマは越した。もう大丈夫だ」

このとき、坂本さんも夢を見ていた。

脚が熱く、痛みが全身を駆け巡っている。それに耐えていると彼女の病室に『異様に頭の長い老人』が入ってきた。

老人はニコニコしながら持っていた杖で坂本さんの身体の上の空気を払うようなしぐさを繰り返した。すると身体がひんやりとして気持ちが良くなった。

そして、最後に老人はおなかのあたりに杖を当てると、そのままグィッと中に突き刺した。痛みはまったくなかった。彼女自身も『ああ、良く入るものだなぁ』と驚いたくらいだった。

目覚めたとき、老人の姿はどこにもなかった。

三ヵ月もすると脚の傷は癒え、陸上部にも復活することができた。

「それから、太らなくなっちゃったんです」

今でも、食べすぎることがあると『あの老人』が小さくなって夢に出てくるという。

老人の杖でおなかをかき混ぜられると、途端に食べ過ぎで張ったおなかが楽になる。

彼女はいまや食べることが楽しいと笑った。

「福録寿様って言うんですよ」

頷くほかない。

おすそわけ

津山君は学生の頃、妙な子に会った。

面識はなく、自分たちが作った自主映画を上映している会場にいた子だった。

終了後、打ち上げということになって恵比寿にある会場付近の居酒屋に、観客もろともなだれこんだ。

各々が勝手な話をしていると、その子は津山君の脇に座った。

高校生ぐらいの小柄な彼女の印象は、不思議に『重たい』といった感じだった。

しばらくふたりは世間話をしていたが、そのうちに彼女は津山君が作った、自殺した女の霊と死闘を展開する男を描いたコメディを褒めると、ボソッと呟いた。

「幽霊って興味あります？」

「あるよ」

生返事をすると、いきなり手をグッと握られた。

「な、何？」

「おすそわけ」

彼女の祖母は沖縄の『ユタ』という霊媒だそうで、彼女自身もこれから死ぬ人間や、死人の出る家や場所が判るという。

「人に幽霊を見せられるの。今まで百発百中よ」

彼女はそう言って笑った。

「どんなふうにするの」

「握手するの。そうすると一週間ぐらいのうちに見るわ」

「ええ！　アレで？」

慌てた津山君は自分の手を調べてみたが、なにも変わったところはない。しかし妙な胸騒ぎが身体の奥から始まって、それはどんどん大きくなっていった。

「そんなぁ、困るよ。いきなり」

「だって興味あるって言ったじゃない」

彼女はそう言って立ち上がった。

「トイレ」

それっきり彼女は戻ってこなかった。

あっという間に七日目になった。

半信半疑ながらも、小心な彼はヘッドフォンで耳を覆い、身体を壁に押し付けるようにして寝た。連日、朝になるとホッとしながらも嘘じゃねぇかとムッとする、悲しいような妙な気分が続き、さすがに疲れてきていた。

彼の部屋は実家の敷地内に後から増築されたもので、両親の住む母屋には少し長めの廊下で繋がれていた。七日目は前日までの疲れが祟って、早々と布団に潜り込み、そのまま部屋の灯りもテレビも点けたまま寝てしまった。

深夜、尿意を覚えて目覚めると愕然とした。部屋の中が真っ暗だったのである。母親が消したのではないことは入口のドアがロックしてあることで判った。津山君はもう一度電気を点け直すと時計を見た。

二時を少し回ったところだった。

尿意は本人の思いとは逆に強烈になっていく。津山君は廊下に続くドアを開けた。廊下の電気は点かなかった。

背後から照らす自分の部屋の灯りを頼りに進むと、廊下の突き当たりに茶色い犬が入り込んでいた。

目を細め、対象を見極めようとしながらも、犬を追い払おうと自然に口が動く。

「シッ！」

犬はゆっくりと振り向き、立ち上がった。

津山君は語る。

「……たぶんそのときに失禁したんじゃないかと思う」


犬だとばかり思っていた『それ』は、両肩が抜け頭の欠けた男だった。

皮膚がだらしなく垂れ、眼球は膿んだように膨らんでいた。妙なことに男はいわゆる『らくだのパッチ』と呼ばれるオヤジルックに身を包んでいた。

それは声もなく立ち上がると、呼ばれたかのように津山君を目指して近づいてきた。

津山君は部屋に駆け戻り、ドアにロックを掛けて閉じ込もった。そのまま近くにあったタオルをノブに巻きつけ、その上から自分でノブを押さえつけた。

「……ヤツに入ってこられちゃ大変だと思ったけど、あんなヤツが摑んでるかもしれないノブを、ナマで摑むのは怖かったんだよ」

津山君の手の中で何度かノブが回った。

そのとき、必死でノブを摑む津山君の目に、部屋の正面にあった大きな姿見が映った。

「そのとき、思ったんだ。人んちの廊下に入ってこれる奴が、こんなドアをすり抜けられないわけがないって」

その瞬間、部屋になにかの気配が急激に満ちるのを感じ、彼は自らの意志で気絶した。

「ふうん、器用だな」

取材の終わりに彼は呟いた。

「人間、死ぬ気になればなんでもできるものさ」

CDと老人

市役所に勤める吉崎君は、福祉課というところに配属された。

仕事は生活保護を受けている人たちの相談役といったところだが、実際には違法給付を見つけたり、身元不明で発見された屍体を警察の依頼によって確認しに行ったりすることのほうが多かった。

「バブルのときは、ひどかったらしいよ」

つい三年ぐらい前のこと、ひとりの先輩が退職していった。

話はその先輩のことである。

その人は課でも『ヤリ手』の部類に入る人だった。

福祉課には様々な人間が集まる。親戚からも見離され、働くこともできず各地を流れた果てに辿りついたという人も多かった。福祉課では、そういった事例も細かくケアする必要があった。

『保護廃止』という処置がある。これは本来、憲法で保障される人間の権利を維持するための最低保障である生活保護を、不当に受給した人に行使されるものである。つまり貧しくもないのに生活保護を受けているような事例に適応される。

時代が悪かったのか、たまたまその市役所自体が錯乱したのか、この保護廃止を職能判定の材料にした時期があったのだという。

つまり、受け持ちの人間から何人の受給停止者を出せるかが評価の対象となったのである。課内でも個人的には様々な意見が持ち上がったが、役所の常か全体的には右へならえとなり、各々が自分の受け持ち受給者からひとりでも多く『保護廃止願い』を奪ってくることが競争になった。その中で群を抜いていたのが吉崎君の先輩であった。

先輩のやり方は徹底していた。

ひとり暮らしの老婆が卵をごはんにかけて食べていると、贅沢だと叱り飛ばした。

「おばあちゃん、本当は白いごはんでも大変なことなんだよ」

と、半分視力を失った身寄りのない老婆をなだめすかし、脅しつけて保護廃止に追い込んだりもした。

須藤さんという八十になろうという老人がいた。数年前までは年老いた奥さんとふたりで、毎月窓口まで生活保護を受け取りにきていた。おとなしく、どことなく品を感じさせる夫婦であった。課内でも彼らのおしどりぶりは評判だった。

奥さんは須藤さんと食事中に胸の動脈瘤破裂で亡くなった。ほぼ即死の状態だったという。奥さんが死んでからの須藤さんは『ぬけ殻』になってしまっていた。ボケも始まったようで、窓口で、

「手洗いに行った女房を待っとります」

と言って一日座っていることもあった。おとなしい老人だったので課の者はそのままにしておいたという。

あるとき、件の先輩が、その須藤さんの担当になった。

先輩は生活保護を受けているという『ひけめ』もなく、かえって品のようなものを感じさせる須藤さんこそ絶好のターゲットだと確信したようだった。

先輩の『須藤さん詣で』が始まった。

何度も繰り返し足を運ぶことで、受給者の贅沢を見抜き、追い込むネタを仕入れるのが彼のヤリ方だった。最後は情に訴えて保護廃止願いに判をつかせるのだ。

先輩のヤリ方は強引過ぎると課の誰もが思ったが、誰も止めることはできなかった。

『ぬけ殻』になった須藤さんは、あっけなくネタを先輩に明かしてしまった。

世間話がズレて歌になったとき、須藤さんは押し入れを開けて小さなCDプレイヤーと数枚のディスクを見せて語ったという。

「家内が美空ひばりが好きで、私は軍歌一辺倒で、どうしてあんなもんがと思っとりましたが、アレを残して死んでしまったものですから。どうにも寂しくてアレの好きな歌はどんなものだったんだろうと聞いとります。いいもんですな美空ひばりは……」

須藤さんは箪笥《たんす》に見立てたみかん箱の上にCDプレイヤーを置いて、ポツリポツリと語った。先輩はすかさずその姿を写真に納めて役所に戻った。

一週間後。

先輩は須藤さんから書類を取ったばかりか、CDプレイヤーまで質屋に入れて給付金返還に当ててしまった。


次の受給日に異変が起きた。

須藤さんはひとりでやってきた。以前とは別人のように髪はボサボサで表情は暗く、トレーナー姿のままであった。気にかけた課の人間が声をかけても返事ひとつしない。

突然、大声をあげて須藤さんは美空ひばりの『悲しい酒』を唄いはじめた。

「ひいぃぃとおり、さぁかぁばでえぇぇ」

あまりの声に驚いた課員が止めようとするのも聞かず、須藤さんはついにふたりがかりで追い出された。須藤さんはまともな言葉は一切しゃべらず、カウンターにしがみつくとつまみ出される寸前まで『悲しい酒』を唄い続けていた。

それから須藤さんはたびたび姿を見せては、大声で唄っていくようになった。歌はいつも違うものだったが、無表情な顔で朗々と声をあげる姿は鬼々迫るものがあった。

須藤さんが路上で倒れたらしいと連絡があったのは、それからしばらくのことだった。元担当だった先輩が身元の確認に行くと、須藤さんはすでに病院から警察に移されていた。

「もう手遅れでした」

死因に不審な点があると思われる屍体は司法解剖にまわされる。これは医師立ち会いのもとで死亡を確認できなかった人に対してほぼ百パーセント行われる。

須藤さんの解剖はすでに終わっていた。

「死因は何でしょう」

先輩に顔なじみの医師はガラスの破片のような物を見せた。

「なんですか、これ」

「俺たちも判らなかったんだがね。さっき研究室から連絡があった。CDなんかに使われるプラスチック材だ。これが腹の中に一杯詰まっていた。時間をかけて飲み込んだんだろう。こんな物を腹に詰めたら、どうしようもないよ」

親戚などの連絡先を確認するために須藤さんの部屋を訪れた先輩は、みかん箱の上に金槌と砕かれたCDのディスクを発見した。

須藤さんは、ここで砕いたCDの破片を飲み下し、役所に来ては唄っていたのである。

親戚は見つからず、形だけの通夜が安置所で行われた。

通夜といっても線香を立てて、電気の蠟燭の前で小一時間座っているだけのことである。

先輩は頃あいを見計らってすぐに帰るつもりでいた。

鉄のベッドの上の須藤さんにはシーツが被せられている。

顔は見たくなかった。

先輩は一服すると目を閉じ、なぜかそのまま眠ってしまった。

寒さに身震いして目を覚ますと、あたりはすでに真っ暗になっていた。

先輩は慌てて鞄を摑むと、火の元を確認しようと須藤さんの屍体の前を通った。

線香はすでに燃え尽きていた。

「なんで、誰も連絡してこないんだ」

先輩は振り向いて須藤さんの屍体を見た。胸に組ませたはずの腕が落ちていた。

さっき、立ち上がったときにはシーツから腕は飛び出していなかったはずだ。

……錯覚だな。

腕をそのままにして部屋を出ようとしたその瞬間、後ろから『誰か』に抱きつかれた。

嘘だ。うそだ。

先輩は鞄を取り落とすと、組みつかれたまま前進した。

前だけしか見たくなかった。余計なものは見たくなかった。俯《うつむ》くと背広の肩口を摑む白い指だけが見えた。

先輩はドアを開けて、肩口を摑む『何か』を引きずりながら廊下を進んだ。

一瞬、廊下の片側を埋める暗い窓ガラスに自分の姿が反射した。

背中に須藤さんの顔があった。

ただ頭は身体の揺れに任せグラグラと動くだけだった。

先輩は悲鳴をあげて、管理事務所に駆け込んだ。

ただならぬ先輩の様子に驚いた管理人は、警官と共に安置所へ戻ったが、そこにはべッドの外に腕をダランとさせた須藤さんの姿があるだけだった。

先輩はそれからしばらく入院し、退院後は役所を辞めた。

吉崎君が「本当ですか」と笑うと、その話をしてくれた上司がロッカーに案内して、一着の背広を見せてくれた。

その背広は両方の肩口が裂けてボロボロになっていた。

「彼の物だ」

その背広は、今もロッカーに保管されている。

うしろの正面

碓氷《うすい》さんは芸能界ではその名を知られた、売れっ子の振付師だ。

数年前の夏に、彼女の住んでいるマンションで殺人事件が起こった。

都内の一等地にあるマンションでの事件とあって、当時はテレビのワイドショーでも取り上げられたが、一カ月もすると住人以外には思い出す人もいなくなってしまった。

事件の被害者は銀座で働くホステスで、マンションの五階の部屋に住んでいた。

碓氷さんは当人と何度か顔を合わせたことがある。殺された女は長い黒髪が美しく、「振り返りたくなるほど綺麗な人だった」という。

そのホステスは体中を刃物でメッタ突きにされた無惨な死体となって発見されたのだった。事件があった部屋は文字通りの血の海で、床を濡らした彼女の血は階下の部屋の天井にまで血の染みを作った。

もともと彼女の部屋はパトロンから貰ったもので、加害者は別れた夫だったらしい。

だから肉親も親戚も顔を見せることなく、殺人のあった部屋は誰が訪れるともなく放っておかれていた。

しかし、いくらなんでも気味が悪いということで、マンションの協議会で問題の部屋の清掃を決め、それを清掃業者に委託した。

やがて秋風が吹く頃、妙な噂が立った。

マンションの住人が深夜に帰宅すると、エレベーターが途中の五階で突然停まって扉を開き、『血塗れの女』が乗り込もうとするのだという。そんな噂が囁かれるようになってから真っ先に部屋を売り払って出て行ったのは、殺人事件のあった部屋の真下の住人だった。

「私も出たいんだけど、便利だし、ローンもあるし……」

碓氷さんはあきらめたように呟いた。

その後、碓氷さんと私は互いに忙しく疎遠になってしまったが、この本のために連絡を取ってみた。

すると、碓氷さんはマンションを引っ越していた。

「あそこね……あれからしばらくして、出たのよ」

ここからは、碓氷さんの語る恐怖の体験談である。

——夜中に帰ってくると、エレベーターが停まる。

その妙な噂は、誰からともなく始まり、碓氷さんの耳にも伝わった。

彼女の住んでいた部屋は九階にあるため、エレベーターを使って帰るときは問題の五階を通過しなくてはならない。噂によると、エレベーターは誰もボタンを押しもしないのに勝手に五階に停まり、扉が開くと、血塗れの女が乗り込もうとするのだという。

碓氷さんは幽霊などというものを信じる方ではなかったが、さすがに参ってしまった。

仕事柄、深夜に帰宅することが多い彼女は、二時を過ぎたら友達の家に泊まらせてもらったり、陽が出るまで時間を見合わせることが多くなった。

「中には階段を使う人もあったみたいだけど……、その階段も結局エレベーターの横を沿うように通っているのよ。もし、踊り場なんかで出くわしたら、逃げ場がないじゃない？」

やがて月日が流れ、碓氷さんはようやく慣れて、夜中にでもひとりでエレベーターに乗れるようになった。年が明けて、二月に入った頃のことだ。

それは夕刻だった。

彼女の住む九階のボタンを押し、エレベーターの上昇の揺れに身を任せていた碓氷さんは、ふと出し抜けに揺れが停まったのに気づいた。

ドアの真上を見ると、五階のランプが光っている。

はっとなった途端、エレベーターは扉をさっと開いた。

エレベーターから見て、まっすぐに延びる通路の突き当たりに、あの殺人事件のあった部屋がある。その扉には、誰がしたのか、テープのようなものがX字に貼りつけてあった。

事件のことや、あの噂を思い出した碓氷さんは、急に怖くなって、夢中で『閉』のボタンを押し続けたという。ドアはすぐに閉まって、エレベーターは何事もなかったかのように、また上昇を始めた。


ある日、彼女はスタジオで新人のアイドル歌手に振り付けをしていた。

デビューが間近であったので、早急に彼女に振りを覚えさせなければならなかった。練習は深夜に及んだ。

風邪気味のアイドルを気遣ったマネージャーが「今日はもういいでしょう」と言う頃には、夜中の二時を回っていた。疲れ切ったアイドルは、マネージャーと帰っていった。

今日は朝までかかると踏んでいた碓氷さんだけが、スタジオに残されていた。

しかもここは時間貸しになっていて、深夜といえどもアイドルが帰ればこちらも退出しなければならない。

仕方なく、いつも転がり込んでいた友達ふたりに連絡をつけてみたが、こんな日に限ってどちらも留守電になっていた。他の人をと思ってみたが、なにぶん深夜のことゆえ、それ以上連絡を取るのに気が引けて、彼女は結局自宅に戻ることにした。

タクシーを降り、玄関ホールを過ぎると、エレベーターは彼女を待つように一階に降りていた。むろん、彼女以外にエレベーターに乗るマンションの住人はいない。

意を決して乗り込むと、すぐに九階のボタンを押した。

エレベーターが微かに振動しながら上昇を始めた。

碓氷さんは、念のため『閉』のボタンを強く押しっぱなしにしたまま、パネルのランプの光が一階から二階へ、二階から三階へと移り変わっていくのを見つめていた。

不意に、そのランプの光が不規則に瞬いた。

ちょうど四階を過ぎたあたりだ。

はっとなって天井を見上げると、頭上の照明が明滅している。

その途端、エレベーターはガクンと停まり、さっと扉を左右に開いてしまった。

見れば、まっすぐに延びた通路の先に、あのX字にテープが貼られた扉がある。

『閉』を押さえた指が痛くなるほど、力を込めた。

そのとき、廊下の脇にある階段のあたりで、なにかが動く気配がした。

彼女は必死に『閉』のボタンを押し続けた。

ようやく扉が、もどかしげに閉まり始めた。

ホッとした彼女が顔を上げた瞬間、視界の中でなにかが蠢《うごめ》いた。

通路の壁に掛けられた『鏡』だった。

住民がエレベーターを待つ間、身だしなみを整えるために各階に取り付けられたその姿見は、ちょうどエレベーターの入口を真正面から捉えていた。その中に、青ざめた顔でボタンを押し続ける碓氷さん自身の姿がハッキリと映っている。

そして自分の真後ろに、鮮血に顔を濡らした女が立っていた。

女は顔を歪めるようにして、笑っていた。

碓氷さんは悲鳴をあげると、とっさに『開』のボタンを押してエレベーターから飛び出し、非常階段を駆け下りた。

一階のホールに向かう間、ショートカットのはずの彼女の頬に、何度も『長い髪』が当たったという。

碓氷さんは、そのまま友達の家に飛び込むと、朝までまんじりともせずに過ごした。

「今でもあそこに住んでいる人、いるんじゃないかしら」

彼女は私にそう言った。

六本木周辺の物件には要注意である。

コンビニに出るもの

　コンビニの怪談というと今さら珍しくもないだろうが、実話としての怪異は本当に後を絶たない。

　保土ヶ谷区というのは、なかなかに不思議な場所で、かつてはかなり人里離れた感があったのか療養施設が多い。

　そんな施設に囲まれるように建っている店もある。

　そのコンビニは新興団地を当て込んで建てられたものだったが、入居している建物の物件代金がベラボウに高かった。同額でもっと交通の便の良いところがいくらでもあったから、わざわざそんな高い物件に店を入れるのが馬鹿馬鹿しくなるほどの代物だった。

　とはいえ、悲惨なのは当の店である。

　店長は従業員給料を少しでも減らそうと、昼夜兼業で店に張り付いた。

　最近では多少とも売り上げが上向いてきたものの、当時を思い出すたびに店長は溜息をついた。

「いや、あれは地獄だったよ」

店長が不思議な経験を聞いたのは、そんな頃だった。

一週間のうちにほぼ五日から六日夜勤をしていた店長だが、さすがに体力の限界を感じてか、たったひとりだけ夜勤の大学生を雇っていた。

彼は八王子に大学があるにもかかわらず、授業が終わると電車でやってきては夜勤を週に一度だけ勤めていた。

そんな彼がある日、自分のローテーションでもないのにやってきた。サークルで飲み会があり、その帰りに車で近くまできたのだという。

「飲酒運転じゃないか」

というと彼は笑った。

しばらく世間話をした後で、彼は商品を出し終わったダンボールの箱を潰すと、裏へ持っていきますと言って出て行ったいきり、戻ってこなかった。

外へ出てみると、停めてあるはずの車もなくなっていたので、店長は黙って帰ったのだろうと思っていた。

その週の日曜日、学生はやってくるなり店長に一緒にいてくれないかと頼んだ。

店長がわけを聞くと、最初は渋っていた学生はぽつぽつと話し始めた。

彼はあの晩、黙って帰る気はなかったのである。


ダンボールを持って裏にある物置にしまった彼は、突然激しい尿意に襲われた。

彼は店と隣接する建物の間に入ると、店に向けて立小便を始めたのである。

放尿を開始してすぐに背後から声が聞こえた。

「まずいだろう」

酔っていた彼は、途中で止めるのもシャクなので済ませてしまおうと声を無視して続けた。しかし声は続く。

「まずい、そりゃあ」

「そうですか、すみません」

ロレツの怪しい声で彼が応えると、

「そりゃ、まずいよ」

背後の声は繰り返す。

用を済ませて余裕を取り戻した彼が振り返った。

「そうですか」

鼻先の壁に男の顔が浮いていた。

彼は男が小さな窓から顔を出しているのだと思った。

それでも何か変な感じを受けた彼は、壁に浮いた男の顔に謝りながら、店に戻るのも忘れて車で帰ってしまったのである。


「トレーナーを途中まで脱ぎかけたような感じでした」

「隣にそんな人、いたかなぁ」

「ええ、それで今日ここに入って来る前に確かめたんです。そしたら、壁に窓も穴もないんです。アレ、なんだったんでしょう」

彼はそう言うと軽く身ぶるいした。


この店には他にも怪異があった。

人もいないのに、冷蔵庫の開け閉めの音が頻繁に響くこと。

ビデオに脚は映ったのに客はいないこと。

誰もいないのに自動ドアが開くこと。

だから、ふたりにとって『壁の男』の存在も数多《あまた》の怪異のひとつだろうということになったが、結局、店長は彼と朝まで付き合うことにした。

その店は今でも健在である。

ゴミ袋

私は過去に二度、飛び降りの瞬間に居合わせたことがある。

ひとつは小学五年生のとき、信号待ちをしていると向かいのマンションの屋上から白い物が降った。……と思ったら、ドーンと凄い音をたてて自転車置場の屋根を突き破り、『それ』は落下してきた。

落下の瞬間は、マンションという巨大な物の顔を白い手でサッと払ったような印象だった。

途中の階でぶつかった拍子にベランダを握ったので右腕が抜けてしまい、いくつもの壊れた自転車のスポークやサドルの部品の中で潰れていた。

男だった。

二度目は大学時代である。

学食で友達と話をしていると「飛び降りだ!」という叫び声が聞こえた。校舎の外に出ると、ちょうど女性が屋上の金網から落下するところだった。

彼女は、腹に響く嫌な音を立てて玄関の大きなひさしの上に落ちた。

うつ伏せで顔は見えなかったが、担架で運ばれていく彼女と廊下ですれちがった。

飛び降り直後の清掃作業のとき、ゴシゴシとデッキブラシで洗われた血と頭蓋などの内容物の入り混じった『汚水』が、現場のひさしから下に集まった学生めがけて無造作に降り注いだ。

十階から落とされた物体は、落下点では時速百キロを超える。

剥き出しの人体が時速百キロで硬い物にぶつかると、どうなるか。

イメージしにくい方は、山の手線などの巡航通勤電車のすれちがい時に頭を突き出しているのをイメージされるとよい。おそらく突き出された頭は、形などなくなってしまうだろう。しかも『飛び降り』の場合は最初の衝撃の後、一部分だけでなく全身が落下エネルギーの洗礼を受ける。

西野君のマンションは迷惑なことに『自殺の名所』と近隣で噂される場所であった。

マンションの自治会は汚名を返上するため各棟の屋上へ出る非常階段を施錠し、外部からの不審者を排除しようという動きが高まった。

特に前例のある西野君の棟の扉は、厳重に二重のロックと針金で開かないようにされた。そんな頃だった。


深夜、酔っ払った西野君が、仕事から帰りドアを開けようとすると、すぐ脇の階段から風が吹き込むのが判った。

横にある階段を覗くと、施錠してあるはずの扉が開け放しになっていて、屋上まで丸見えになっている。

嫌な予感が走り、彼の酔いはいっぺんに醒めた。気が進まなかったが彼は様子を見るため、階段を上がった。扉に巻き付けた針金がむしり取られ、鍵がふたつとも金属の爪を突き出した状態で開いていた。

いきなり屋上へ出るのをためらった彼は、入口でひと通りあたりを見回してから小さく声をかけた。

「誰かいますか」

返事はない。

ただ風が吹いているだけだ。

屋上は広い。錯乱している人間がいるかもしれない屋上を、ひとりで調べるだけの勇気は彼にはなかった。

彼は部屋に戻ると、そのまま寝てしまった。

翌日、いつもより早く目を覚ました彼は朝刊を自宅のドアから抜くついでに、屋上の様子を確かめてみた。場合によっては自治会長に知らせなければならない。

扉は閉まっていた。

不審に思った彼は近づいてノブを調べてみた。

ノブには針金がグルグルに巻いてあり、その先端は近くの窓の枠に結び付けられていてビクとも動かない。鍵はしっかりと掛けられていた。

針金は錆《さ》びて赤くなっていた。

埃《ほこり》っぽい淀んだ空気が、扉の開けたてがなかったことを物語っていた。

彼は部屋へ戻ると自治会長に昨日見たことを告げ、誰かが施錠したのかを訊ねた。答えはノーだった。

西野君の棟からはなんの連絡もなかったという。

考えてみれば屋上から最短の距離に位置する彼の部屋なら、誰かが屋上の扉で作業すれば気配で判るはずだった。

忘れることにした。

しかし、相手は忘れてくれなかったようだと彼は言う。

その後も、何度か深夜に帰宅するごとに『風』が階段から吹き込むことがあったが、彼はあえて無視した。あの晩に感じた得体の知れない『冷え』がまだ身体のどこかに沁みついていて、再びそれを味わうのはこりごりだった。

「たまに女の声か風の音か判らないものも聞いたよ」

西野君は語る。

その年の夏は異常なくらい寒い日が続いた。

秋になった頃に彼は会社の慰安旅行に出かけた。一泊二日にもかかわらず、酒ばかりは一週間分くらい飲んでしまった。帰社してからも同僚とそのまま街に繰り出して、したたか酒がまわった。深夜過ぎに帰宅すると、マンションは闇の中で静まり返っていた。

「?」

なにかの音が聞こえた。

呟くような囁くような、遠くにも近くにも聞こえるそれは、鍵を開けた彼の周りに流れてくる風とともにやってきた。

アルコールで気が大きくなっていた彼は、屋上への階段に足を向けた。

「誰だ」

声をあげると、耳の中に聞こえていた音のボリュームが上がった。女の声だった。

扉は開いていた。

暗い空間を真ん中に抱いて、扉は口をポッカリと開けていた。前回と違うのは、生ゴミの黒い袋が屋上の入口に捨ててあることだった。

しゃぼんだま……。

と耳の中で鳴った。大友克洋のマンガ『童夢』みたいだと、西野君は頭のどこかで思った。声は歌を唄っていた。

……しゃぼん玉飛んだぁ、屋根からぃ、飛んだ。屋根からぃ、飛んで壊れて消えた……。

「誰だぁ、警察呼ぶぞぅ」

彼が声を荒げた瞬間、女の呻《うめ》く声が響き、ゴミ袋がムクッと起き上がった。

それには白い腕と長い髪がついていた。

ゴミ袋に見えたそれは、潰れた女だった。

女は潰れた身体を這うようにして階段の側へ引きずり、硬直している西野君に近づいた。

……しゃぼん玉ぁ飛んだ……。

歌は続いていた。

女の髪の間に大量に付着した白いものが噴きこぼれ、床に散らばった。

女は唄いながら、階段上から冷えた餅の塊《かたまり》のようになった身体を、西野君の足元に向けて転がそうとしていた。西野君は悲鳴をあげて、部屋に駆け込んだ。

深夜だったが、マンションは蜂の巣をつついたような騒ぎとなった。

西野君の連絡を受けた自治会長は件の扉を調べたが、問題の扉は厳重に閉じられたままだった。

西野君に酒が入っていることを見とがめた自治会長たちは、西野君の言い分を頭から信用しようとせず、いたずら者を見るような目つきで彼をたしなめた。

「酔っ払って幻でも見たんでしょう？　人騒がせは止めてください」

西野君は数日後に引っ越しした。

以後、その周辺には近づかないという。

病院の話

その巨大な『病院』は誰でも名前を一度は聞いたことがあるほど、有名な総合病院だった。

内科に配属された看護婦の木山さんは、寮の三人部屋に住むことになった。

彼女のルームメイトは、なっちゃんとカズちゃんだった。

「最初に辞めたのが、カズちゃん」

木山さんは、夜中にカズちゃんがうなされているのを、よく見聞きした。

うなされているカズちゃんがあまりに苦しそうなので、彼女を揺り起こしたりもした。

しかしカズちゃんは、汗をビッショリとかいたまま「なんでもない」と応えた。

一カ月後、カズちゃんは千葉の両親のもとに帰って行った。

逃げるように出て行った彼女から話を聞くことはできなかったが、夜勤で一緒だったという別部屋の看護婦が、こんな話をした。

「彼女、深夜勤のとき、青くなってナースステーションに戻って来たことがあったの」

彼女がエレベーターに乗っていると、途中の階で箱が停まった。

深夜のことだし、病室もない階だったので不思議に思いながら『閉』を押すと、エレベーターを呼び止める女性の声とスリッパの音が近づいてきた。

「すみませぇん」

「はあい」

待っているとパタパタパタパタと近づいてきたスリッパの音は、扉を開けて待っているカズちゃんの前を過ぎて行ったという。

「姿は見えなかったんだって」

部屋はふたりになった。


「辞めないでね」

なっちゃんは木山さんにそう言った。

しかし、なっちゃんが蒼ざめた顔で夜勤を終えてきた日があった。

「なんか、この病院ヘンだよ」

「新人の子がボロボロ辞めてるんだって」

なっちゃんは、木山さんに昨晩のナースコールのことを告げた。

「コールで行ったら、布団が綺麗に畳んであったの。びっくりして出ようとしたらドアがバンッて閉まって」

なっちゃんは今にも泣き出しそうだった。

コールした部屋の患者は、早朝に亡くなっていた。

なっちゃんは、それからもなにかを隠しているようだった。だんだんと笑顔がなくなっていくのが哀しかったと木山さんは当時を思い出す。

そうして一ヵ月後、なっちゃんも辞めてしまう。

なっちゃんは、夜勤の途中で寮に帰ってくると、そのままタクシーで茨城の実家に帰ってしまった。後日、木山さんが荷物を梱包して送ることになった。

病院では大騒ぎになったが、とりあえず、なっちゃんの抜けた穴を木山さんと先輩で埋めることとなった。

その夜、木山さんは薬局に処方箋を出しに行こうとエレベーターに乗った。

そのとき彼女は、つい一時間前に鳴ったナースコールのことを考えていた。コールは個室の三号で鳴ったのだが、立ち上がった木山さんを先輩が押しとどめた。

「いいのよ」

「え？」

「いいの」

先輩はカルテに書き込みをしながら言った。先輩はコールのランプを消した。木山さんはわけが判らないまま、自分の仕事に戻った。

エレベーターは薬局のある一階には停まらなかった。

驚いた木山さんが何度かボタンを押していると、エレベーターは地下二階に到着した。ドアが開く。一本の廊下がエレベーターから真っ直ぐに延びており、三十メートルほど先には木の観音扉のついた部屋があった。霊安室である。

真っ暗な窓には人の気配はなく、それにもかかわらず、充満した焼香のにおいが鼻をついた。

「いやだ」

木山さんが目を逸らそうとした瞬間、室内灯がパラパラと点き、人影が見えた。

扉が微かに動いた。

木山さんは俯《うつむ》くと直ちに「閉」を押した。

すると扉が閉じる寸前、その隙間から白い布を纏《まと》った腰と裸足《はだし》が見えた。

木山さんはナースステーションに戻ると、先輩に今起きたことを話した。

先輩は真っ青になって言った。

「い、生きている人もいるから」

その途端、ナースコールが鳴った。個室の三号だった。今度は木山さんも何も言わなかった。

結局その日は夜勤から上がるまで、都合四回、三号に呼ばれた。

寮に戻ると速達が届いていた。差出人はなっちゃんで、手紙の文面は木山さんに迷惑をかけたことへの謝罪で埋められていた。なにがあったのか書かれていなかったが、逆にそれがありがたかった。

二日後、深夜勤を翌日に控え、木山さんはなんともいえない恐怖に悩んでいた。

昼間は馬鹿馬鹿しいと思うのだが、夜になるとあの『隙間に見えた裸足』が脳裏に貼りついたまま離れなくなった。

そこで気分転換に風呂に入ることにした。

寮の浴場はかなり広く、時間が早いせいか、木山さん以外に入浴者の姿はなかった。

気味の悪さは消えなかった。あれはなんだったんだろう……俯いたときにはすでに迫っていた……廊下は少なくとも三十メートルはあったのに。

頭を洗っていると、何かに手がぶつかるのに気づいた。

シャンプーでハッキリはしないのだが、手さばきがうまくいかない。

「?」

彼女は鏡を見た。

男の手が載っていた。

自分の白い手の間に、骨太の血管を浮かせた手の甲が髪に埋まって載っていた。

あまりのことに固まっていると、その『手』は彼女の髪をガザッと軽くかき回して木山さんの身体の後ろに落ちた。

木山さんは裸のまま飛び出すと、寮長の部屋に駆け込んだ。

木山さんの母親から連絡があったのは、翌日の早朝だった。

「拝み屋さんが『あんたの娘がとんでもないものにいじくられとる』って言うたけど」

心配そうな母親の声を聞いたとき、木山さんは電話口で泣いてしまった。

木山さんは富山に戻り、今は地元の病院に勤めている。

なっちゃんに連絡を取ったところ、エレベーターが勝手に霊安室に降りたのは木山さんだけではなかったと判った。

今でもその総合病院は健在である。

開かずの蔵

イラストレーターの木村さんの幼なじみの少女の家には昔、大きな蔵があった。敷地も大きかったから蔵もひとつだけではなかったはずだが、なぜかその蔵のことしか憶えていない。なぜなら、その蔵は『開かずの蔵』だったからである。

扉には重い鉄の蓋が掛けられ、どこからも入れないようになっていた。幼なじみの両親は、中に入るのはもちろんのこと、その付近で遊ぶことにも良い顔はしなかった。

ある日のこと、幼なじみが蔵に入る道を見つけた。木村さんは好奇心半分、怖さ半分で彼女に引きずられるようについて行った。

幼なじみは蔵の裏を指さした。そこには木の蓋がしてあったが、子供の身体なら入れそうだった。

「行こう」

幼なじみは蔵の穴から中に、さっさと潜り込んでしまった。

木村さんは恐怖の方が強かったのだが、やはり連れられるようにして穴の中に頭を突っ込むと、どうにか中に進んだ。

内部は暗かったが、どこからか射し込む光のせいでボンヤリと物が光って見えた。埃臭い空気の中、蔵はきちんと整頓されていた。不思議なことに蔵の中には天井から滑車がかなり低い位置までブラ下げてあった。

幼なじみは、そこらあたりの箱から取り出した帯を滑車に差し込むと『ターザンごっこ』だと言ってブラ下がって遊んでいた。

壁にはまだらに染みがついていたが、それよりも積まれた箱の中にある大量の着物にド肝を抜かれた。ふたりは時を忘れて、着物を引っ張り出しては羽織り『お姫様ごっこ』をした。

次の日、先に入った幼なじみが慌てて外に顔を突き出した。

「バレたかもしれん」

「どうして」

「誰かがきれいにしとる」

木村さんも中に入ると彼女の言う通り、昨日出しっ放しにしてしまった着物がきちんとしまってあった。

「今日はよそう」

その日、木村さんは早々に家に帰ってしまった。

その夜、幼なじみの父親が娘を知らないかと訪ねてきた。木村さんは知らないと嘘をついたが、様子を見ていた母親にバレてしまった。

「本当のことを言いなさい！」

木村さんは警察までが幼なじみを捜しているのを知り、恐ろしくなって泣き出してしまった。結局、泣きながら蔵の中に入って遊んだことを告げると、幼なじみの父親は死んだ紙のような顔色になって、何も言わずに走り出した。

しかし、幼なじみは翌日の昼に蔵の前でボーッと座っているのを発見されるまで、どこにも姿を現さなかった。

発見された幼なじみは髪の毛が半ば白くなっていた。

両親は娘の変わりようにびっくりしていたが、娘はまるで何事も起きなかったかのように、いつもと変わらない様子ではしゃいでいた。病院での精密検査を受けた後に学校に来た彼女に、「どこにいたのか」と木村さんが聞くと、蔵の中に着物姿の綺麗なお姉さんがいて一緒に遊んだのだという。

「お父さんが蔵の中に探しに来たときも、あたしはちゃんと蔵の中にいたんだけど、誰もあたしが目の前にいるのに気づかなかったの。不思議よね」

幼なじみはお姉さんとしばらく遊んだのだが、やがて遊び疲れて寝てしまった。そして目覚めたら蔵の外にいたというわけだ。

彼女が発見されると、蔵はただちに潰されてしまった。

幼なじみの髪は、一年ほどでまた元の黒い髪に戻った。


大人になってから判ったことだが、幼なじみの家は昔は女郎屋だった。

そして、あの蔵は言うことを聞かない女郎を折檻する『拷問蔵』だったのだという。

今は聞くこともない、田舎の昔の話である。

管理人

　後輩の塩崎が「良いバイトがあるんすよ」と寄ってきたのは試験も終わり、残り数日で大学恒例の長い長い夏休みに入るという頃だった。

「なんだよ。屍体洗いとか、新薬の実験はいやだぜ」と茶化すとシオ（塩崎）は笑った。

「大丈夫ですよ、公園の管理人なんですから」

　シオも私と同じ映画のサークルだったから毎度毎度、製作費作りにはヒーヒー言っているクチだった。

「いくらだ？」

「十日で二十万。その代わり、泊まり込みですけどね」

　その当時はコンビニの時給が四三〇円から始まる世界だったから、それはもう物凄く美味しいバイトだった。しかし私は撮影を夏に集中させるスケジュールを組んでしまっていた。

「これから面接があるんス」

シオはそう言うと、ひとり私を残してホールを出て行った。


翌日、顔を合わせたシオに、私はバイトの結果について訊ねた。

「どうだった?」

「ええ」

シオは複雑な心境を、顔にそのまま出して頷いた。

シオの話ではバイトは一日二万円、その代わり途中で辞めたら全額パァーという過激なものだった。

「変な条件だな。公園の管理だろう?」

するとシオは顔を上げて、嘆願するような表情になった。

「だって○◎××ですよぉ」

「え! あの自殺の名所の!」

私はつい叫んでしまった。ハードだ。なんてハードな仕事なんだろう。

事情により名を伏せるが、○◎××は断崖絶壁から人がバラバラ落ちるのが有名すぎて、小説の舞台になったりもしている場所だ。

「どうすんだよ」

「やりますよ」

シオは暗い顔で言った。


管理事務所は公園の中にあった。観光協会の人が案内してくれた絶壁の景色も、夕方になるとオレンジ色の日差しの中で凄みを増した。

「もう、汚名返上だよ」

協会の田辺さんはそう言った。

彼が言うには、自殺者のおかげですっかり家族連れが来なくなってしまった。この暗いイメージのままでは、毎年夏になると、みんなの生活が成り立たなくなってしまう。

それゆえ、二十四時間体制で自殺者を防止しようとしているのだ。

「去年はふたり助けたんだよ」

しかし途中で逃げ出すバイトが多く、しかたなく高額ながら後払いという形式にしたのだ。

「ずっとやるわけではないから、あんたの後釜探せないからね」

シオの役割はこうだ。夕方、管理事務所の人が帰る頃から部屋で待機。旅館の方から不審な人物の連絡を受けた協会が、シオの部屋に電話を入れる。そしてシオは公園をチェックする……というわけだ。

「普段は協会の人がやってらっしゃるんですか？」

田辺さんはシオの問いに答えた。

「おっかなくて、やんね」


頂上から長い急な階段を下ると、岩盤剝《む》き出しの岸についた。

「ここは通常の落下地点だ」

田辺さんは、波が洗い始めた岩の上を爪先で突いた。

「屍体は必ず波で外海に出てしまう。戻ってくるのは一割くらいで、そうするとここにたどりつく」

田辺さんは、顔が赤くなったり白くなったりするシオを連れて、洞窟の中に入って行った。

洞窟の中は広く、奥には驚くほど大量の蠟燭と社《やしろ》がひとつあった。

「この洞窟の岸に、打ち上げられる。満潮時には波がここまでやってくるから、今入ってきた入口も潜ってしまうというわけだ」

シオはさっきから肩を軽く引っ張られるような気がしていた。田辺さんも、しきりと肩のあたりを揉んでいる。

「じゃ、部屋に行くか」

田辺さんは入口とは逆に洞窟の奥へ進んで行った。

「ここだ」

そこには錆びついた鉄の門があり、鎖がグルグルと巻きつけてあった。苦労して開けると岩を削った白い階段が続いていた。

田辺さんが近くのスイッチを捻ると、階段の天井に吊るされた裸電球が点いた。

「上だ」

田辺さんはヌラヌラと滲み出す水で濡れる岩肌に手をつきながら階段を昇って行った。

シオはすでにショックと恐怖で頭がフラフラしていたが、取り残されないようについて行った。

「ここは崖をくり抜いて造った階段だ。屍体を引き上げるときにアッチの階段じゃ危なすぎてな。それで造った」

「上はなんですか」

「公園に出る。さあ、ここだ」

このときのショックを、シオは後に『背骨が抜けそうだった』とこぼした。

そこは階段の途中にあった。

「ここですか」

うむと田辺さんは頷くと、すりガラスの引き戸を開けた。四畳ほどの広さの部屋だった。なんとも言えない嫌な湿気が充満していた。

「年に何回も使わないからな。湿気てんだ。でもテレビあるから」

電話は協会との連絡専用で外部にはかからない。田辺さんはそれだけ言い残すと部屋を出て行った。

シオはひんやりとした部屋にひとり残された。


一日目、二日目は何もなかった。それが始まったのは三日を過ぎてからだった。

一日部屋にいると昼だか夜だか判らなくなってしまうので、昼は町に出てぶらぶらし、夕方頃には戻っているというパターンを作ったシオは、その日、映画を観て（これは協会からタダ券を貰えた）、パチンコをしてから戻ってきた。

戻ってテレビを見ていると、下の鉄扉をガンガンと殴る音がする。誰か連絡にきたのかなと思って時計を見ると、いつの間にか十時を過ぎていた。

「ハ～イ」

引き戸を開けて声をかけるが、返事はない。引き戸を閉めると、再びガンガンと叩く音が階段の奥から反響してきた。

「誰かいるんですぁ」

声をかけてハッとした。この時間には入口は水没している。外から洞窟に入れる者はいなかった。

シオは部屋へ戻ると敷きっ放しの布団の中に潜り込んだ。

酒は禁止されていたので、ジュースをガブ飲みすると、テレビのボリュームを上げて横になった。

そのまま少しウトウトとした頃に電話が鳴った。飛び起きて出ると無機質な合成音の声がした。

『時報をお知らせします』

なんだと切ろうとして、外線は通じていないことを思い出した。

何かがペタリペタリと上がってくる音がした。

シオは布団を巻きつけると壁に身体を押し付けて、テレビのボリュームを上げた。

『何か』は暗い階段を上がってきた。すりガラスにはボンヤリとした影が映った。

シオは朝まで眠れずにいた。


四日目の夜、協会から電話が入った。

『赤い服の女性を捜してくれ』

公園の中に人影はなく、また該当する女性の遺留品もなかった。

部屋の中に戻るとテレビが反対の側に置いてあり、テーブルの上は、なぎ払われたように畳の上にすべて落とされていた。電話は放り出され、受話器が外れていた。

シオは驚きながらも、協会に連絡を入れた。

『夕方から、ここにいますけど、そんな連絡してませんよ』

年配のおばさんが答えた。

その夜、下の扉を叩く音と女性の物凄い悲鳴が聞こえる。


五日目、身体の調子がだるく、睡眠不足から目が痛くなったシオは、布団を公園に運び出しベンチで眠った。起きたときには夕方になっていた。

部屋に戻るとドドドッとべらぼうな数の人間が駆け下りる音がして、部屋が揺れた。

身構えていると上の方から声が聞こえてきた。

『弱虫……』

「うるせぇ」

すると『それ』は笑ってシオを挑発した。

『見せてやろうか見せてやろうか』

シオはそのとき、誰かに足を摑まれた。驚いて蒲団を剝ぐと今度は下の方からゲラゲラと笑い声がしたという。

翌日、田辺さんが訪ねてきた。

「できるかね？」

シオの様子を見て心配そうに声をかけてくれた。

シオは、これまで見たことを田辺さんに話した。

「いろんな事情の人間が死んだから、君みたいな元気の良いのが羨ましいんだろう」

シオは連日の睡眠不足から『船酔い』のような状態になっていた。

横になると胃が騒いで吐きそうになるし、座っていると目が回るようだった。

いつの間にか寝てしまっていた。目を覚ますと午前二時になろうというところだった。

今度ははっきりと女の声が聞こえた。

『弱虫』

「うるさい」

シオが乱暴に言い返すと、ゲラゲラと笑い声が聞こえた。

突然停電した。同時に、すりガラスがドンドンと叩かれた。

懐中電灯で照らすと引き戸の向こうに人が立っていた。真ん中だけすりガラスになっている引き戸は、向こうに立った人間の顔と足がよく見える。

背広姿で、足はあった。でも頭の部分には何もなかった。

シオは布団をバリケードにするようにして、壁に背中を押しつけた。

すると手が伸び、何かを持ち上げた。

黒々とした髪の首だった。しかもそれはグズグズに腐っていた。

シオは懐中電灯を消すこともできずにいた。ただ背中を無意識のうちに壁に擦りつけるだけで精一杯だった。

『こんばんは』

突然、耳元で声がして、後ろから抱きつかれた。

背後は壁である。

シオは悲鳴をあげた。肩にかけられた手がズブズブと自分の中に突っ込まれていくような気がした。鋭い痛みとともに、なんだかわけが判らなくなってしまった。

失神したシオは何か異様なものを感じて目を覚ました。

日の出が見えた。ボグッと勢いよく水に顔を突っ込み、シオはむせた。

あたりを見回すと、自分は海の中にいた。

背後には洞窟。驚いて引き返すと鉄の扉の鍵は外され、開いていた。

鍵はシオの部屋の中と協会にしかないはずなのに、だ。

全身ズブ濡れになりながら、シオは外の階段を上がって行った。

あの洞窟の中には二度と戻りたくなかった。

シオの様子を見て田辺さんは仰天し、途中で帰るのを許してくれた。

お金も六日分、交通費込みで払ってくれた。

以後、そのバイトは募集されていない。

◎あとがきエッセイ

怖い、ということ

平山夢明

——若い。未熟にもほどがある、っす。

実話怪談に携わるようになって二十余年、今、読み直してみるとなにやら腕の毛がぞわぞわと逆立ってくるような本でありました。

特に今回は順番も勁文社版『新「超」怖い話』に当時、載ったままのものなので、読み進めるとダイレクトに、話を聞いた人の顔やそれを書いていた時の状況なども相まって浮かび上がってくるので、なんとも云えない気分になったのです。

何度か書かせて貰ったことですが、実話怪談を書くようになったのは本当に〈偶然〉でした。当時、週刊プレイボーイをメインに映画評や来日スターのインタビューなどをやっていた僕は、時折、夏の特集記事として怪談を書いていました。そこへ知り合いのひとりが『怪談を集めている知り合いがいるんだけれど、話をしてあげてくれないか?』と云ってきたのです。

こっちも面白い話のひとつやふたつも持っているし、同好の士と会うのは楽しいに違いないと、純粋に『面白そうだ』との思いで待ち合わせである新宿の滝沢（※）に行くと、一本気な山男といった感じの人が、にこやかに待っていたのです——それが作家の樋口明雄さんでした。彼はひとしきり僕の話を遮ることもなく楽しそうに聞くと『夢さん、あんたもライターで書いているなら書いてみないか？』と云ってきたのです。

思いもよらなかったのですが、既に三十歳を過ぎていたしフリーライターとしては企画もそうは出せず、十年一日のように同じことばかりするのが得意という機動力の低さに不安を感じていた僕は『オイラでよければ』と引き受けたのです。

当時の『「超」怖い話』の樋口体制というのは、実に『ガチ』でした。作り話は一切NG。ネタと呼ばれる二、三行にまとめたものを編集担当も含めた全員で執筆前に吟味し、そのなかで『イケる』と編著者である樋口さんが納得したものを書いて本に収録するという感じでした。基本は『怖いか』『ドキッとするか』『意味があるか』この辺りで選別されていたと思います。

子供の頃から『不気味大好き』で、小学校の図工では粘土で巨大な『脳ミソ』を作ったり、画では崖に開いた黒々とした洞穴に血塗れの足跡が入っていく『じごくのどうくつ』などを提出して〈2〉を貰っていた僕でしたので、多少のストックはありました。

※「談話室滝沢」新宿東口にあったマスコミ・出版関係者の打ち合わせに使われたことで有名な喫茶店。現在は閉店。

学生時代の自主映画仲間には不思議な人が多く、その手の話には事欠かなかったのです。特に本作の前半部分には、彼らから直接聞いた話がズラリと入っています。

自宅に録音スタジオを持っていたTさんは霊感が強く、霊が家の周りを徘徊するのがわかるという話をなんども真剣にしていました。それも、自分がそれに気づくと彼らもバレたと思うらしく寝ている自分に向かって近づいてくるのだ、と云うのです。「やめてくれぇ」で書いたように、幽霊が脇にいると何故か猫舌になり、カップヌードルが熱くて食べられなくなるというのは目の前で見たことです。また「ちくしょう」のヤビツ峠の話も、映画の撮影中に女子高生から聞いた話でした。

あの頃はとにかく若い奴らは怖い話が大好き。寄ると触ると必ず『ねえねえ、なんか変な話ない？』が合い言葉のようになっていました。何人いても、互いに云いたいことを云うと、すぐ手持ち無沙汰になってしまうのです。すると話は単純に恋愛か噂か趣味に移り、最後は必ず怖い話となるのです。そう意味では『怪談が生まれ、伝播しやすい』時代だったのかもしれません。今のようにふたりが向かいあって沈黙しながらスマホを弄るなんてことはないですから。

と、このようにストックされていたものを次々に樋口さんに披露すると、有り難いことに彼は『それ、いいね』と快く採用してくれたのです。こうして途中参加した『「超」

怖い話』でしたが、当初はそれが版元を移して二十年以上も続くとは予想できるはずもなく――おかげさまで好評だったのですが、一冊出すたびに編集部からは『売れなかったら終わり！』という非情な命題が与えられていたので、とにかく強烈なネタが欲しいと走り回っていました。

それともうひとつ、今のようにネットもないですから自分の知っている怖い話を発表できるのはここしかないんだという焦りも大きかったように思います。こんなに面白い話なのに誰かに聞かせなかったらもったいない！　怖い話を見つける度、そんな気分に背中をグイグイと押されていたことも事実です。

ところがそんな思いも何年か調子に乗っているうちにゾッとすることになります。そうです、当然のようにストックがなくなっていったのです。これには焦りました。

どうにか学生時代の仲間の伝手でオバケ話の好きそうな知り合いを辿るのですが、実は実話怪談の最も一般的に旬なのは〈学生時代〉なわけですね。世の中の仕組みも知らず生活の苦労もなく、なんとなく勉強と恋愛の間でクラクラしながら未来の不安にボーッと明け暮れているという、この状態が最も怪談に命を吹き込むわけです。

当然、社会人になってしまえば怖いものがシフトします。当たり前ですが、それは職場の人間関係であったりノルマであったりで、そっちのほうが〈心霊〉よりも圧倒的に怖い。彼らにとっては怖いものは〈現実〉であって、既に幽霊となると〈懐かし〉かったり、せいぜいが〈不思議〉程度にダウンサイズされてしまうのです。

今更、学生の輪に入っていくわけにもいかない僕は焦りに焦り、その頃から腐った居酒屋巡りを始めました。チェーン店ではない個人営業で、しかも店主は年季が入っていて常連しか相手にしてない店。こういうのが最高でした。

最初の頃は普通の頭のチョットゆるい男というふり（まあ、ふりではなくて本当にそうなんですけれど）で、仲間に加えて貰う。それで何度か話しているうちに故郷の話をする。この故郷の話というのがよくて「なんか不思議な話あるでしょ」なんて云うと、必ず二、三話してくれるんです。この辺りから僕は煮染めたような顔色のオヤジと腐った居酒屋が大好物になりました。特にアパートの近くで見つけた『でんでん』という炉端居酒屋が最高で、そこは主人も幽霊話が大好きだったんですよね。本当にお世話になりました。で、そのうちに何でもかんでも必ず最後に『なんか怖い話ない？』と訊くので『バケユメ』なんて仇名されて。

余談ですが、女性に訊くとその頃から『幽霊じゃないけど、怖い目に遭った』っていう人も多くなってきていた。部屋の中に侵入されたとか、換気扇からいつも誰かが覗いているとか――それはまた別のシリーズになりましたけれど。

とにもかくにもそうやって、足と時間を使って集めてできあがったのが『「超」怖い話』。要は、当時の労働者と怪談好きの学生とで流行っていた一種の憂さ晴らしの塊だったわけです。

ある時ひとりのおっさんに『おまえさ、幽霊話ってのは酒と同《おんな》じだよ。薄くっちゃ話になんない。怖くなくっちゃ話になんない』と云われた時にはガツンッと来ました。そうか酒かと思ったんです。酒はジュースと違って完全な嗜好品ですから、味わう時と場所を自然と選ぶ。だからこそ、しっかり味を保証しないと読者からは見捨てられる。あのおっさんの言葉は今でも実話怪談を書く時に思い出します。

さて実話怪談愛好家の中で、よく話題に上るのに実話怪談の〈おもしろさ〉は書き手の技量が大きいのか、それとも取材先のネタの怖さが大きいのかというのがあります。例えば、ふと出会《でくわ》した相手が丁度、同時刻、別の場所で亡くなっていたというようなシンプルなものでも、書き手の技量があれば充分に怖くなる。つまり、実話怪談は書き手の力が一番重要であるという説と、そうではなく多少稚拙《ちせつ》であっても話の内容が怖ければ充分に伝わるものだという説、でなんですが、まさにこの『恐怖全集』の第一巻と第二巻においては確実に技量よりもネタ先行だと思います。

なぜなら、これ以外には週刊誌の記事が主で、今までまともな文章を書いたことがない執筆未熟児が、自分の勘と熱量だけをぶつけて書いているのですから。

とはいえ、その後、勁文社は倒産。『「超」怖い話』シリーズは一時の休息を得て、竹書房で復活を果たすことになるわけです。

二十年ぶりに自分の未熟で粗い文章が本になって出てしまうなんて……。

今になって一番、怖いのはこのことだと思うんですけどね。

ほんと人生、迂闊《うかつ》に生きていてはいけないということなんですね。

二〇一六年　七月三十一日

初出

新「超」怖い話
1993年8月1日発行

やめてくれぇ
ちくしょう
眠っていた話
砂時計
流れてきた御札
鈴なり
飼っていた犬の話
こんばんは
覗かれる
完璧に出るコンビニ
もしもし
五衛門屋敷
神と呼ばれた老婆
パースがずれる
エンジェルさん
不意打ち
二階のないマンション
文通
おじぎ人
狐三千四
子泣き
走る山伏
ヴァンパイア

新「超」怖い話2
1994年7月1日発行

ポケベル
一万円のナナハン
蝶のバス
居候
壁の声
パチンコ
赤い卵
小包
燃えた自動販売機
シヅさんの布団
ボールをつく子
福禄寿の話
おすそわけ
CDと老人
うしろの正面
コンビニに出るもの
ゴミ袋
病院の話
開かずの蔵
管理人

※原文に表記統一等の修正を入れています。

平山夢明 恐怖全集
怪奇心霊編①

2016年8月27日　初版第1刷発行

著者　平山夢明
デザイン　橋元浩明(sowhat.Inc.)
発行人　後藤明信
発行所　株式会社 竹書房
〒102-0072 東京都千代田区飯田橋2-7-3
電話03(3264)1576(代表)
電話03(3234)6208(編集)
http://www.takeshobo.co.jp
印刷所　中央精版印刷株式会社

定価はカバーに表示しています。
落丁・乱丁本は当社にてお取り替えいたします。

ISBN978-4-8019-0826-0 C0176

平山夢明の恐怖実話全集、刊行決定！

（シリーズ全6巻、毎月20日頃発売予定）

第1回配本、
絶賛発売中！

平山夢明
恐怖実話全集

怪奇心霊編①　怪奇心霊編②

③巻9月、④巻10月、
⑤巻11月、⑥巻12月
刊行予定！

鬼才・平山夢明の原点=実話怪談！

鬼才・平山夢明の原点=実話怪談！
＊今となってはもう読めない幻の初期作品から最新書き下ろしまで、恐怖のすべてを詰め込んだ完全版がついに刊行スタート！

新作実話怪談＋エッセイも書き下ろし収録！

さらに愛読者プレゼント企画として、6巻全巻ご購入いただいたご皆さまに、平山夢明が脚本・監督した幻の恐怖映画【「超」怖い話フィクションズ　平山夢明の「眼球遊園」】（2009年、竹書房発売）のプレゼント用DVDをもれなく差し上げます。（詳しくは文庫の帯折り返しをご覧ください）

＊（1993年から2000年まで勁文社で刊行された『「超」怖い話』シリーズから平山作品を完全収録しています）